L'AFFAIRE DE SAVOIE

EN 1860

ET L'INTERVENTION ANGLAISE

PAR

Ed. ROSSIER

Extrait de la *Revue historique,*

Tome XC, année 1905.

(Les tirages à part ne peuvent être mis en vente.)

PARIS

1905

L'AFFAIRE DE SAVOIE

EN 1860

ET L'INTERVENTION ANGLAISE

PAR

ED. ROSSIER

Extrait de la *Revue historique*,
Tome XC, année 1905.

(*Les tirages à part ne peuvent être mis en vente.*)

PARIS
1905

L'AFFAIRE DE SAVOIE

EN 1860

ET L'INTERVENTION ANGLAISE

La Savoie du Nord se trouve dans une situation unique en Europe. Au point de vue politique et administratif, elle appartient à la France, et ceux qui la visitent n'auraient aucune raison de supposer qu'elle n'est pas française au même titre que tout autre territoire du centre, de l'est ou de l'ouest. Mais, en même temps, elle ressortit au système défensif de la Suisse. Qu'une guerre éclate, les troupes cantonnées sur la rive sud du Léman doivent se retirer et faire place aux fusiliers fédéraux; ainsi le veut le traité de Vienne.

Mais, si le principe est formel, l'application n'en a pas été réglée; on n'est même jamais tombé d'accord sur l'étendue des droits et des devoirs des deux nations voisines. De là une question ouverte qui, depuis quelque quatre-vingt-dix ans, a fait couler l'encre à flots. Elle a été discutée avec passion entre la Suisse et la Sardaigne, entre la France et la Suisse, et, une fois au moins, en 1860, elle a occupé l'Europe et provoqué des incidents et manœuvres diplomatiques qui ne manquent pas d'intérêt et dont le récit peut être tenté aujourd'hui[1].

1. La principale source utilisée pour cette étude est la correspondance des agents diplomatiques de la Confédération suisse dans l'année 1860. Cette correspondance, que j'ai pu consulter grâce à une autorisation bienveillante, se trouve aux archives fédérales de Berne; elle est répartie dans six portefeuilles marqués d'une étiquette portant la rubrique *Savoyerfrage, politische Akten* et la désignation du mois ou des mois. Dans l'intérieur de chaque carton, les pièces sont rangées par ordre chronologique. Dans ces conditions, je ne crois pas nécessaire d'indiquer constamment en note la provenance de mes documents. Il est entendu que toutes les lettres citées dans le texte, accompagnées de la date et sans autre indication, viennent des archives fédérales suisses.

I.

Le 29 mars 1815, les plénipotentiaires des puissances, réunis
au congrès de Vienne, signaient un protocole, dont le premier
article était ainsi conçu : « Que les provinces du Chablais et du
Faucigny et tout le territoire au nord d'Ugines, appartenant à
S. M., fassent partie de la neutralité de la Suisse garantie par
toutes les puissances, c'est-à-dire que, toutes les fois que les
puissances voisines de la Suisse se trouveront en hostilités
ouvertes ou imminentes, les troupes de S. M. le roi de Sardaigne,
qui pourraient se trouver dans ces provinces, se retireront et
pourront, à cet effet, passer par le Valais, si cela devient nécessaire; qu'aucunes autres troupes armées d'aucune puissance ne
pourront y stationner, ni les traverser, sauf celles que la Confédération suisse jugerait à propos d'y placer. Bien entendu que
cet état de choses ne gêne en rien l'administration de ces provinces, où les agents civils de S. M. le roi pourront aussi
employer la garde municipale pour le maintien du bon ordre[1]. »

Chose curieuse, cette clause, qui paraît éminemment avanta-
geuse à la Suisse, était demandée par le Piémont; elle figurait
parmi les concessions que le gouvernement sarde réclamait en
échange d'un certain nombre de communes savoisiennes qu'il
cédait au canton de Genève. Il est compréhensible que les contemporains aient éprouvé quelque embarras et que la postérité
ait discuté sur le sens d'un article aussi singulièrement encadré
et rédigé.

Aujourd'hui, le secret n'est pas absolument éclairci; peut-être
les archives de Turin ou de Rome nous réservent-elles encore
quelques surprises. Mais, d'après la publication des lettres de
Pictet de Rochemont[2], le principal des négociateurs genevois au
congrès de Vienne, les grandes lignes de cette affaire apparaissent
assez bien.

Pendant la campagne de 1814, les puissances alliées, dési-
reuses de créer dans l'Europe centrale une barrière solide,

1. Tous les actes et documents concernant la question de Savoie à l'époque
du congrès de Vienne sont exposés dans le livre de Gonzenbach : *la Suisse et
la Savoie considérées dans leurs relations de neutralité.*

2. *Biographie, travaux et correspondance diplomatique de C. Pictet de
Rochemont*, par Ed. Pictet.

capable d'arrêter dans l'avenir les offensives de la France, songèrent à rectifier les frontières de la Suisse. Cette intention est
exprimée dans plusieurs notes. Le 22 avril, encore, les plénipotentiaires d'Autriche, de Russie et de Prusse accrédités auprès
de la Diète fédérale, Schraut, Capodistria et Chambrier, décla-
raient : « Qu'il était dans l'intention des puissances d'assurer à
la Suisse une frontière naturelle et forte, qui pût toujours être
défendue avec succès, même contre des forces supérieures[1]. »

Ces desseins ne se réalisèrent pas. Le long du Jura, la frontière resta très défectueuse ; le pays de Gex, entre autres, que tous
les militaires considéraient comme indispensable à la défense de
la Suisse, demeura français. Au sud du Léman, cependant, les
plénipotentiaires des puissances projetèrent une innovation : tandis que le premier traité de Paris rendait à la Sardaigne les
anciennes provinces de Maurienne et de Tarentaise, il ne stipu-
lait rien quant au Chablais et au Faucigny. Ces territoires,
dans l'opinion de plusieurs diplomates, devaient passer à la
Suisse ; ils seraient occupés par des troupes autrichiennes jusqu'à
ce que le congrès de Vienne eût fixé leur sort.

Il est donc compréhensible que le gouvernement de Turin,
déçu dans quelques-unes de ses espérances, ait cherché une combinaison qui lui permît de recouvrer une possession ancienne sur
laquelle il avait fermement compté. Mieux valait grever d'une
servitude ces provinces, d'ailleurs presque impossibles à défendre,
que de ne pas les avoir du tout. C'est l'envoyé sarde à Vienne,
Saint-Marsan, qui, le premier, parla d'étendre au Chablais et au
Faucigny la neutralité suisse, et, sans doute par un effet de cette
négociation[2], les Autrichiens évacuèrent la Savoie du Nord que
les Piémontais occupèrent à leur place.

La proposition sarde, lentement ébruitée, reçut l'appui des
délégués genevois. Ceux-ci, désireux de remédier aux défectuo-
sités géographiques de leur territoire par l'adjonction de quelques
districts savoisiens, entrevirent une ingénieuse combinaison. En

---

1. Cf. Gonzenbach, *la Suisse et la Savoie*, p. 41.
2. Je ne connais aucun document qui établisse que la démarche du gouvernement sarde ait provoqué l'évacuation de la Savoie. Mais la parfaite coïnci-
dence dans le temps entre la proposition de Saint-Marsan et le retrait des
troupes autrichiennes est caractéristique ; elle permet de supposer un rapport
de cause à effet. Schweizer exprime cette opinion dans son ouvrage : *Geschichte
der schweizerischen Neutralität*, p. 889.

échange de la protection dont la Suisse couvrirait la Savoie du
Nord, le roi de Sardaigne céderait un certain nombre de communes destinées à arrondir le nouveau canton de Genève.

Ainsi, pour les principaux intéressés, la neutralisation de la
Savoie a été un moyen plutôt qu'un but. Ils ne se sont pas occupés de savoir en faveur de qui cette clause était établie[1]. Les
représentants des puissances, qui voulaient du bien à la république de Genève comme au roi de Sardaigne, admirent ce projet; ils y voyaient un expédient heureux, propre à concilier des
engagements contradictoires et à fermer à la France les voies
d'accès du Simplon. La résistance vint plutôt des délégués de la
Diète suisse, Reinhard, Wieland et de Montenach, qui, liés par
des instructions assez étroites, voulaient, par-dessus tout, éviter
de jeter leur pays dans des aventures. C'est probablement pour
calmer les appréhensions de ces hommes et ne pas exposer tout
l'arrangement à un refus de la Diète que l'occupation militaire
de la Savoie, d'obligatoire qu'elle était d'abord, devint facultative.

Une seule chose paraît singulière : comment le gouvernement
sarde a-t-il pu signer un acte qui lui imposait, en cas de guerre,
l'abandon d'une partie de son territoire, alors qu'il n'était pas sûr
que d'autres en assureraient la défense? Peut-être faut-il tenir
compte d'une pression exercée par les puissances; mais cela
s'explique surtout par le trouble où le retour de Napoléon jeta
toutes les cours de l'Europe et l'idée que de nouvelles stipulations
interviendraient à bref délai qui infirmeraient toutes les dispositions déjà arrêtées.

Le second congrès de Paris, en effet, donna au Piémont la
Savoie occidentale; mais il ne changea rien à la situation des
territoires neutralisés et se borna à en augmenter la surface.
D'après le traité du 20 novembre 1815, « la neutralité de la
Savoie sera étendue au territoire qui se trouve au nord d'une
ligne à tirer depuis Ugines, y compris cette ville, au midi du lac
d'Annecy, par Faverge jusqu'à Lécheraine, et de là au lac du
Bourget jusqu'au Rhône, de la même manière qu'elle a été étendue aux provinces de Chablais et de Faucigny, par l'article 92
de l'acte final du congrès de Vienne[2] ». Cette zone était étroite-

1. Il n'en a pas été de même de la postérité; cette question est encore discutée aujourd'hui.
2. Le protocole du 29 mars forme l'article 92 de l'*Acte final*.

ment liée à la Suisse : « ... Les puissances reconnaissent et garantissent également la neutralité des parties de la Savoie désignées par l'acte du congrès de Vienne du 29 mars 1815 et par le traité de Paris de ce jour, comme devant jouir de la neutralité de la Suisse de la même manière que si elles appartenaient à celle-ci. »

Un nouveau règlement des questions intéressant le roi de Sardaigne et la Confédération suisse devait à la vérité intervenir. Il était d'autant plus nécessaire que, dans les derniers mois de 1815, déjà, des difficultés s'étaient élevées entre le gouvernement sarde et le Directoire fédéral relativement à l'interprétation du protocole du 29 mars. L'un prétendait voir une obligation là où l'autre ne se reconnaissait qu'un droit. Quant à la fixation exacte des circonstances où la Savoie du Nord pourrait ou devrait être occupée; quant au mode d'évacuation ou d'introduction des troupes, aux rapports entre les pouvoirs civils et les autorités militaires, à l'entretien des soldats, etc., rien n'avait été arrêté... Mais le traité que les plénipotentiaires des deux États signèrent à Turin le 16 mars 1816 ne résolut guère que des questions territoriales; les négociateurs, constatant qu'ils ne pouvaient tomber d'accord, laissèrent de côté les points litigieux et se bornèrent à rappeler, dans un article assez singulièrement conçu, les stipulations des traités de Vienne et de Paris que la Suisse comme la Sardaigne s'engageaient à respecter exactement. C'était transformer une difficulté temporaire en un conflit permanent.

Ainsi, la Savoie du Nord a été placée, par une décision de l'Europe, dans une situation sans précédent en droit international; mais cette situation a été insuffisamment précisée. Les puissances se sont promptement désintéressées de leur œuvre; pendant près d'un demi-siècle, le mot de Savoie n'a paru que rarement dans des notes de chancellerie. Le gouvernement sarde, sans contester à la Suisse son droit d'occupation, ne s'est pas mis d'accord avec elle sur les points contestés. En Suisse, malgré quelques velléités d'intervention, on ne s'est jamais décidé à envoyer des troupes en Savoie; mais l'idée est demeurée très ferme que les districts du Chablais et du Faucigny sont un pays à part, sur lequel la Confédération possède des droits et qui est nécessaire à sa défense.

II.

La guerre de 1859 éclata. Elle fut une surprise pour bien des gens, et le grand public, qui ignorait l'arrangement de Plombières, n'en vit que tardivement se dessiner les conséquences. Mais, dès l'abord, il parut évident à chacun que de grands changements territoriaux allaient s'opérer : les uns parlaient de la formation imminente d'une Confédération italienne de vingt millions d'âmes; d'autres, d'une réunion de la Savoie à la France. En Suisse, un courant d'opinion assez fort poussait le gouvernement à agir; le moment était venu, semblait-il, de sortir d'une situation fausse, de transformer ce qui n'avait été jusque-là qu'un droit d'occupation en une possession effective.

Le Conseil fédéral n'était pas en fort bonne posture. Quoi qu'il advînt, les rapports entre la Suisse et la Savoie du Nord devaient changer. L'occupation militaire, exécutable à la rigueur en face du petit Piémont, devenait beaucoup plus difficile à réaliser si la Savoie ressortissait à la grande Confédération italienne, parfaitement en état de la défendre. Si elle passait à la France, la différence se marquait encore mieux, car elle devenait alors partie intégrante de la puissance contre laquelle, précisément, la Suisse avait mission de la protéger; quant aux clauses secondaires du protocole du 29 mars, aux réserves faites en faveur du roi de Sardaigne, à la retraite des troupes par le Valais..., tout cela ne serait plus qu'un non-sens. Le gouvernement fédéral pouvait donc élever des réclamations en invoquant la logique; il pouvait, comme il le fit dans l'automne 1859, par une circulaire adressée aux puissances signataires du traité de Vienne, demander à être entendu dans toute conférence qui s'occuperait des affaires de Savoie. Mais dérivait-il de là que la Suisse eût un droit positif sur une partie de cette province, qu'elle pût en interdire le transfert d'une nation à une autre ou réclamer une augmentation de territoire?... Rien dans les protocoles de Vienne ou de Paris ne justifiait une pareille prétention. Il fallait donc, du côté suisse, procéder avec infiniment de tact et de prudence, éviter de s'engager à fond dans une affaire aussi peu sûre.

A la fin de janvier 1860, il devint nécessaire de prendre une décision. Le doute n'était plus permis : la Confédération italienne, avec laquelle le Conseil fédéral avait un peu trop compté,

rentrait dans l'ombre; Napoléon III, qui avait essayé quelque
temps d'enrayer les conséquences de sa guerre, rendait la main
à ses protégés. Mais il exigeait le prix du combat auquel il avait
renoncé au moment de Villafranca; la Savoie et Nice devaient
être la rançon des agrandissements du Piémont en Italie. Et
Cavour, qui revenait aux affaires après une courte éclipse, se
prêtait à l'exécution de ces projets.

Alors, le gouvernement suisse intervint; il chargea son ministre
à Paris, M. Kern, d'exposer à l'empereur le grand intérêt que la
Confédération portait à la Savoie et d'insister pour obtenir une
cession de territoire au cas où le *statu quo* ne serait pas maintenu. C'était entrer un peu vivement en matière; mais, au début
du moins, le succès parut répondre à cet effort. Napoléon III, en
effet, avait de vives sympathies pour la Suisse, son ancien pays
d'adoption, qui, en 1838, avait pris les armes en sa faveur;
de plus, il s'inquiétait du mauvais vouloir de l'Europe et ne
demandait pas mieux que de se la concilier en prouvant sa modé-
ration par des actes.

Les ouvertures de Kern furent donc bien accueillies :

L'empereur m'a chargé de vous dire, lui répondait le ministre
Thouvenel au commencement de février, que, si l'annexion devait
avoir lieu, il se ferait un plaisir, par sympathie pour la Suisse, à
laquelle il porte toujours un intérêt particulier, de lui abandon-
ner comme son propre territoire les provinces du Chablais et du
Faucigny.

Des déclarations semblables furent faites aux cabinets de
Turin et de Londres, ainsi qu'au président de la Confédération
suisse, par le chargé d'affaires de France à Berne. Napoléon III
ne fit aucune difficulté pour confirmer les paroles de son
ministre[1].

---

1. Cf. le message présenté par le Conseil fédéral aux Chambres le 28 mars
1860 et le rapport de gestion lu au commencement de l'année suivante (*Feuille
fédérale*, 1860, t. I, p. 464; 1861, t. I, p. 854). — Dans une note écrite, déposée aux archives, le président Frey Hérosée reproduit comme suit une déclar-
ation que vient de lui faire Tillos, chargé d'affaires de France à Berne, —
6 février, — « Je suis chargé de dire verbalement, et d'une manière très confidentielle, au président de la Confédération suisse, que la question de Savoie
n'est nullement sur le tapis actuellement, mais qu'elle pourrait pourtant
devenir bien importante pour la France dans le cas où le Piémont, par l'annexion de plusieurs provinces, deviendrait une puissance plus forte. Alors, la

L'empereur était-il sincère quand il prenait des engagements si explicites? On lui a prêté de noirs desseins; on a dit qu'il ne voulait que leurrer la Suisse, paralyser son opposition jusqu'au moment où les protestations du Conseil fédéral se heurteraient à un fait accompli; ou, mieux encore, qu'il cherchait, en l'engageant avec lui, à la compromettre aux yeux de l'Europe afin d'enlever toute valeur à ses réclamations futures. Mais ce ne sont là que des suppositions dont la preuve n'a jamais été faite. Au contraire, plusieurs contemporains ont affirmé que Napoléon III avait été un moment résolu à céder la Savoie du Nord à la Suisse[1], et, s'il n'en avait pas été ainsi, l'empereur n'aurait-il pas procédé avec plus de prudence? Aurait-il informé de ses intentions la diplomatie étrangère?

Mais, réelles ou non, ces intentions généreuses ne durèrent pas. Dès la fin du mois de février, Napoléon III se refroidit visiblement à l'égard de la Suisse. Le 1ᵉʳ mars, en ouvrant les séances du Corps législatif, il parle de la réunion probable des versants nord des Alpes à la France, mais ne souffle mot des demandes de la Confédération. Presque en même temps, le ministre Kern, qui sollicite une confirmation écrite des engagements oraux pris quelques semaines auparavant, se heurte à un refus catégorique de la part de Thouvenel. Le 9 mars, le Conseil fédéral, dont l'inquiétude augmente, renouvelle sa démarche; il invoque un vieux traité passé en 1564 entre la république de Berne et le duc de Savoie, par lequel les deux parties s'interdisent de céder à un autre État les districts voisins du Léman; il déclare que les provinces neutralisées ne peuvent changer de maître sans l'assentiment de la Suisse et demande à prendre

France aurait à prétendre à une bonne frontière militaire de ce côté; et, dans ce cas, S. M. l'empereur ne se refuserait pas à une cession à la Suisse des provinces du Chablais et du Faucigny qui lui seraient abandonnées. »

1. Thouvenel, ministre des Affaires étrangères, le dit au cours de sa correspondance avec Gramont. Il lui envoie entre autres, à titre confidentiel, une pièce préparée pour lord Cowley, où se trouvent ces lignes : « ... La soustraction de la Savoie aux possessions du roi de Sardaigne ne devrait pas entraîner l'abolition des clauses relatives à la neutralisation éventuelle du Chablais et du Faucigny, et, dans le but de les entourer d'une force nouvelle, il nous semblerait désirable que ces pays pussent être réunis d'une façon définitive à la Suisse. » Ce mémoire porte la date du 7 février 1860. Cf. *le Secret de l'empereur*, par L. Thouvenel, t. I, p. 29. — Le prince de La Tour d'Auvergne, ambassadeur de France à Berlin, exposait, au mois d'avril, la même opinion à l'Envoyé extraordinaire Dapples. Cf. la lettre de Dapples du 25 avril 1860.

part à toute négociation qui s'ouvrira à ce propos. Quelques jours après, sur de mauvaises nouvelles qui lui viennent de la Savoie, il proteste à Paris et à Turin contre toute annexion du territoire neutralisé qui se ferait sans entente avec la Confédération et sans le consentement des puissances.

Du côté français, les refus se succèdent. Aux notes du Conseil fédéral, le ministre Thouvenel répond par d'autres notes. Il récuse absolument le traité de 1564, reprend l'ancien point de vue sarde et soutient que la neutralité de la Savoie du Nord a été décrétée en faveur du Piémont comme une charge imposée à la Suisse. C'est une véritable polémique qui se poursuit pendant des semaines et des mois. Et le cabinet de Turin, qui tire ses inspirations de Paris, développe les mêmes arguments et oppose aux demandes fédérales les mêmes fins de non-recevoir. Que s'était-il passé?

Napoléon III ne brilla jamais par l'esprit de suite. A part un certain nombre d'idées, ou plutôt de sentiments, qui lui tenaient particulièrement au cœur et qu'il faisait reparaître avec un « doux entêtement », il se laissait volontiers porter et réglait sa conduite sur les circonstances autant et plus que ce n'est le devoir d'un chef de grand État. Ses fluctuations, quant à la Savoie, n'ont donc rien qui doive surprendre. En 1860, l'empereur expliquait le brusque changement de son attitude par les dispositions des Savoisiens eux-mêmes, qui, disait-il à lord Cowley, ne pouvaient se décider à devenir Suisses[1]. Ce n'était pas exact : les Savoisiens du Sud, qui formaient majorité, manifestaient une grande répugnance en face d'une dislocation possible de l'ancien duché; mais ceux du Nord se seraient volontiers ralliés à la Suisse, à laquelle les rattachaient presque tous leurs intérêts; ils l'avaient déjà demandé en 1814; ils pétitionnèrent de nouveau dans ce sens en février 1860.

Plus importante était l'opinion de la France. Les projets annexionnistes de l'empereur avaient été bien accueillis; mais la perspective d'un partage possible provoquait la plus vive désapprobation. Et, tandis que les journaux officieux célébraient le succès de l'empereur et le voulaient complet, éclatant, l'opposition n'était que trop disposée à taxer de faiblesse les actes de con-

---

1. C'est ce que, sur les indications fournies par son ambassadeur à Paris, Lord John Russel déclarait, dans un discours aux Communes, le 23 juin 1860.

descendance[1]. Or, Napoléon III, qui, en annexant la Savoie, voulait, avant tout, agir sur l'opinion, devait éviter ce désaveu.

Enfin, il est probable que l'attitude du gouvernement suisse, son insistance à réclamer la confirmation des premières promesses, la hâte avec laquelle il recourut aux protestations écrites indisposèrent l'empereur et compromirent toute la négociation. Mais, ici, des éléments nouveaux interviennent; en adoptant cette ligne de conduite, le Conseil fédéral subissait des influences du dehors.

III.

Les velléités annexionnistes de Napoléon III provoquaient une certaine émotion en Europe; elles semblaient justifier sur le tard les inquiétudes que le second empire français avait inspirées à son début. N'était-ce pas là un retour à la politique de conquête si naturelle chez un Bonaparte?

Ces inquiétudes n'existaient pas au même degré partout. La Russie, très éloignée du théâtre des événements, en coquetterie avec la France officielle, ne s'émut pas. Elle déclara, à plus d'une reprise, faire cause commune avec l'Europe, mais ses sympathies allaient plutôt au gouvernement de Napoléon III; elle lui rendit même quelques petits services[2].

L'Autriche ne pouvait éprouver aucun plaisir d'un agrandissement de la France. Mais, après tout ce qui s'était passé, sa diplomatie était décidée à ne plus s'émouvoir de rien, et l'embarras de certaines puissances, qui, peu auparavant, l'avaient très gaillardement lâchée dans le malheur, n'était pas sans provoquer chez elle un peu de satisfaction[3].

1. Le diplomate russe Budberg, qui revenait d'un séjour à Paris, citait à Dapples un mot de Thiers qu'on répétait dans tous les salons : « Vous verrez qu'il est trop bête pour savoir nous rendre seulement la Savoie. C'est la seule bonne chose qu'il aurait faite. » Cf. lettre de Dapples du 16 mai 1860.

2. Thouvenel écrivait à Gramont le 8 avril : « La Russie nous est tellement secourable dans la question de Savoie que je commence à m'inquiéter de la récompense qu'elle nous demandera » (le Secret de l'empereur, t. I, p. 120).

3. « Il serait vraiment absurde, disait l'Ostdeutsche Post du 18 mars, que l'Autriche fût là pour protéger les traités quand d'autres sont attaqués, tandis qu'on la laisse sans aide ni protection quand elle l'est elle-même. » — « De quel œil verrez-vous les annexions françaises en Savoie et à Nice? » demandait l'ambassadeur anglais, Lord Loftus, à M. de Rechberg, « du même œil que les annexions dans l'Italie centrale, » répliqua froidement le chef du cabinet de Vienne. Cité par P. de La Gorce, Histoire du second Empire, t. III, p. 207.

En Prusse et en Allemagne, l'émotion était beaucoup plus grande. La théorie des frontières naturelles, qu'on ne se faisait pas faute d'invoquer à Paris à propos de la Savoie, paraissait menaçante pour la rive gauche du Rhin. Des bruits d'annexions françaises couraient les rédactions de journaux et agitaient désagréablement le public. Des craintes s'exprimaient jusque dans le monde diplomatique et princier[1]. Mais ces protestations devaient rester platoniques; seul le gouvernement prussien aurait eu la force d'agir, et les discussions qui s'étaient élevées l'année précédente quand on avait parlé d'entrer en campagne contre la France, comme aussi les embarras inséparables d'une régence le condamnaient à une prudence extrême.

Plus blessée encore était l'Angleterre. La brusque intervention de Napoléon III en faveur des Italiens l'avait surprise et inquiétée; mais, quand l'empereur s'était arrêté, après Villafranca, Lord John Russel, chef du *Foreign office*, le remplaça aussitôt comme conseiller et protecteur des Italiens et se fit sans frais aucuns une remarquable popularité dans la péninsule. Les événements se dessinaient alors de la façon la plus favorable pour l'Angleterre : Napoléon créant de ses propres mains sur ses frontières un grand État, qui, un jour, pourrait lui devenir hostile, et cet État se plaçant de prime abord dans la clientèle britannique...! que pouvait-on rêver de plus magnifique sur les bords de la Tamise?

Cette satisfaction prit fin quand il fut question de céder la Savoie à la France. A l'inquiétude que cette annexion ne correspondît à un changement dans la politique impériale se joignait un mécontentement très vif mêlé de mauvaise humeur; on aurait dit que la France, tirant des avantages de sa guerre victorieuse, commettait à l'égard de sa voisine un acte de félonie. La reine ne faisait que devancer les sentiments de son peuple quand, à la date du 5 février, elle écrivait à Russel, qui venait de lui annon-

---

1. Le 4 mars 1860, le prince régent de Prusse écrivait au prince Albert à propos de la Savoie : « ... Personne n'est plus intéressé à la question que la Prusse et l'Allemagne, à cause de la rive gauche du Rhin, qui correspond exactement à ce que les versants des Alpes seraient comme ligne géographique de protection, en cas d'une invasion par les défilés des Alpes. A ce point de vue, nous sommes plus intéressés et forcés de protester hautement contre tout projet d'annexion de ce genre que toutes les autres grandes puissances... » Cf. *le Prince Albert de Saxe-Cobourg*, par Théodore Martin. Édition française, t. II, p. 373.

cer l'annexion de la Savoie et de Nice : « Nous avons été complètement dupés... Le retour à l'alliance anglaise, à la paix universelle, au respect des traités, à la fraternité commerciale, etc., n'était qu'un masque pour cacher à l'Europe une politique de spoliation... » Puis viennent des accusations d'injustice, de mauvaise foi, etc.[1].

Cette mauvaise humeur instinctive s'aggravait, chez les ministres, d'une crainte très justifiée quant à leur maintien au pouvoir. Le cabinet Palmerston-Russel avait été accusé plus d'une fois de francophilie. En 1851, déjà, son chef avait dû résigner ses fonctions de ministre des Affaires étrangères pour avoir approuvé, d'une façon qu'on taxait de cynique, le coup d'État de Louis Napoléon. Depuis, la guerre de Crimée était venue, l'alliance française avait fait ses preuves; mais l'opinion publique n'avait pas été absolument persuadée. Un peu d'inquiétude était resté au cœur des fidèles sujets de la reine; et quand, au mois de janvier 1860, on avait appris la signature du traité de commerce, bien des gens s'étaient écriés qu'on livrait l'industrie anglaise à la France, cela au moment même où, de l'autre côté du détroit, on accusait le gouvernement d'ouvrir la France aux produits anglais.

L'opposition, sans avoir des idées très arrêtées en matière économique, se préparait à attaquer le ministère lors de la discussion du traité de commerce. La nouvelle de l'annexion de la Savoie ne pouvait que fortifier son offensive, qui s'inspirerait de cette idée maîtresse : les ministres hypnotisés par l'alliance française, exclusivement occupés d'affaires commerciales, ne veillent plus aux intérêts du pays et de l'Europe.

L'accusation était d'autant plus redoutable qu'elle contenait une part de vérité. Palmerston et Russel, revenus au pouvoir en juin 1859, avaient longtemps ignoré la « conspiration » de Plombières, et le brusque revirement de Napoléon III, qui, d'une entreprise purement désintéressée, tentée pour le triomphe d'une idée, avait fait une « affaire », les avait surpris comme tout le monde. Rien ne montre mieux l'embarras des ministres que leur attitude devant les Chambres : alors qu'ils sont dûment informés par leurs agents des intentions françaises, ils continuent

---

1. *Le Prince Albert de Saxe-Cobourg*, par Théodore Martin. Édition française, t. II, p. 370.

de déclarer qu'aucun fait nouveau n'est venu confirmer les craintes de l'opposition, de nier ce que chacun sait[1]. On dirait qu'ils veulent gagner du temps.

Le pis était que les moyens d'action manquaient. Le gouvernement anglais était trop engagé avec la France, au point de vue commercial, par le traité dont les détails restaient à fixer, en politique par l'expédition de Chine, pour rompre en visière avec elle sur une question relativement secondaire. A Turin, rien à faire! Cavour ne pouvait céder que la mort dans l'âme le berceau de la dynastie royale; mais sa fermeté et sa décision étaient suffisamment connues; si l'abandon de la Savoie lui paraissait indispensable pour la réalisation de ses vastes plans, il était homme à aller jusqu'au bout et à se charger de toutes les responsabilités. L'Europe restait passive; elle pouvait exprimer des craintes, mais aucun de ses représentants ne tenterait une démarche comminatoire à Paris. Un seul pays, la Suisse, paraissait s'émouvoir sérieusement. Dans sa première circulaire aux puissances, au mois de novembre 1859 déjà, elle avait invoqué les traités de Vienne; ses démarches à Paris n'étaient pas restées inaperçues; faute de mieux, le gouvernement anglais pouvait encourager ses réclamations, se les approprier, greffer sur la protestation helvétique tout un plan de résistance.

Il était tout à fait dans la méthode de Palmerston de faire servir à ses fins les États secondaires. La Suisse elle-même, en 1847, lui avait fourni l'occasion d'un éclatant triomphe sur l'Europe

---

1. Le 7 février, à la Chambre haute, Lord Normanby interpelle le gouvernement à propos de la Savoie; il invoque de soi-disant engagements de Napoléon III et somme les ministres d'empêcher toute annexion. Lord Granville répond que le gouvernement a reçu l'assurance que la France n'a pour le moment aucune velléité d'annexion; Cavour a dit également qu'il n'avait pas l'intention de vendre, de céder, pas plus que d'échanger la Savoie. — Lord Normanby reprend son interpellation le 23 avril. Il reproche à Lord Cowley d'avoir manqué de vigilance, mais constate qu'il a informé Lord John Russel de la cession de Nice et de la Savoie le 5 février déjà. Cette dépêche du 5 a été enregistrée comme reçue le 8, et Normanby rappelle la réponse négative qu'on lui a donnée le 7 février. Le pays a donc été tenu systématiquement dans l'ignorance jusqu'à ce qu'il ne fût plus temps d'agir..., etc., etc. — La lettre de la reine, datée du 5 février, citée plus haut, prouve que, sur un point au moins, les reproches du noble lord étaient fondés. — N'ayant pas disposé d'une collection de journaux anglais pour l'année 1860, je me suis servi, pour les débats du Parlement, des compte-rendus très détaillés, allant parfois jusqu'à la reproduction intégrale des discours, que donne le *Moniteur universel*.

réactionnaire et le ministère Guizot. Une pareille campagne pouvait se renouveler; si elle aboutissait à un échec, de précieuses semaines n'en seraient pas moins gagnées et la barque ministérielle aurait le temps d'atteindre des eaux plus tranquilles. Après cela, le chef du cabinet et ses collègues étaient-ils sûrs d'agir pour le plus grand bien du petit pays dont ils allaient épouser la cause...? C'est douteux; mais comment exiger cela d'un homme qui mettait sa gloire à poursuivre en toute chose le profit de sa seule nation! L'intérêt du ministère anglais pouvait être adéquat à celui de ses protégés; il pouvait aussi, sans inconvénient aucun, y être opposé. A l'époque du *Sonderbund*, l'Angleterre rendit à la Suisse de signalés services; en 1860, il ne devait pas en être de même, tant s'en faut.

En effet, il était quasi impossible à la Confédération de recueillir des avantages en Savoie, et, en même temps, de faire le jeu du gouvernement anglais. Il était dans l'intérêt de la Suisse de rester en bons termes avec l'empereur des Français; seul Napoléon III avait le pouvoir et peut-être le désir de lui assurer de nouvelles frontières. Se lier avec l'Angleterre était beaucoup plus chanceux. Pour plaire à sa protectrice, la Suisse devrait réclamer le maintien du *statu quo*, invoquer les traités, demander une intervention de l'Europe. Mais tout cela ne pourrait que mécontenter Napoléon III et rendre très difficiles les négociations à l'amiable avec le gouvernement français. Il faudrait alors emporter de haute lutte ce qu'on n'aurait pu obtenir de la bienveillance de l'empereur; mais les dispositions de l'Europe permettaient-elles d'espérer un tel résultat? Les puissances qui laissaient s'accomplir en Italie tant d'événements contraires aux anciens traités allaient-elles, pour faire triompher les droits assez discutables de la Suisse, secouer leur torpeur et s'engager à fond, jusqu'à la démonstration armée si cela devenait nécessaire?

Le Conseil fédéral devait donc, sous peine de marcher à un échec, épuiser tous les moyens d'entente directe avec la France avant d'appeler l'Europe à son aide; il devait surtout se garder d'utiliser deux modes d'action, dont l'un paralysait l'autre.

Mais c'est un fait souvent constaté que les hauts magistrats de la Suisse, qui s'acquittent de leurs fonctions administratives avec une précision et une conscience remarquables, se trouvent fréquemment, dans la négociation diplomatique, en dessous de leur tâche[1]. Les conseillers fédéraux de 1860 ne faisaient pas exception. Le président Frey Hérosée, très honnête homme assurément, était tout juste capable de diriger les relations extérieures de son pays dans une période de calme plat; à côté de lui, le Bernois Staempfli, qui paraît avoir été le membre influent de ce cénacle, manquait de souplesse et de prudence; parmi leurs collègues, personne ne semble avoir possédé la connaissance profonde des choses de l'Europe qu'une négociation aussi compliquée rendait indispensable. Et, pour comble de malheur, les agents improvisés que la Confédération employa se laissèrent plus d'une fois circonvenir par des interlocuteurs plus habiles qu'eux-mêmes; leur dévouement et leur bonne volonté ne suffirent pas à les mettre à la hauteur de diplomates de carrière. De là de nombreuses erreurs.

IV.

La bienveillance de l'Angleterre à l'égard de la Suisse se marqua dès le mois de janvier 1860. Peut-être était-ce une mesure préventive, car, à cette époque, on niait énergiquement à Paris comme à Turin qu'il fût question de céder la Savoie à la France, et les ministres anglais n'éprouvaient aucune inquiétude. Cependant, le 12 janvier, M. Harris, envoyé extraordinaire de Grande-Bretagne à Berne, informe le Conseil fédéral que son gouvernement est disposé à soutenir les droits de la Suisse. Le 20 janvier, Kern écrit de Paris que l'Angleterre encourage le gouvernement fédéral à s'occuper de la Savoie; Lord Cowley, l'ambassadeur britannique en France, lui a dit qu'à Londres on suit la chose de près. Cette assurance est confirmée dans une lettre du 27 janvier : « L'Angleterre, déclare Cowley, fera tout ce qui est en son pouvoir pour sauvegarder l'indépendance de la Suisse. »

Bientôt l'action anglaise se précise. Au commencement de février, le Conseil fédéral avait envoyé à Turin le conseiller d'État Tourte de Genève, que ses relations d'amitié avec Cavour désignaient pour ce poste. Tourte devait agir dans le même sens

---

1. Aujourd'hui encore, les principaux journaux de la Suisse ne cessent de déplorer cette infériorité. Les fluctuations du Département politique, qui est toujours dirigé par le président de la Confédération et change de titulaire chaque année, l'expliquent en partie.

que Kern à Paris, et, au cas où la cession de la Savoie serait inévitable, réclamer des garanties pour la Suisse et obtenir soit l'abandon direct des districts du nord, soit la promesse que les habitants du Chablais et du Faucigny seraient mis à même d'exprimer, dans une votation spéciale, leurs sympathies pour la Confédération.

L'envoyé suisse trouva le ministre sarde dans un grand embarras. Cavour, comme on pouvait s'y attendre, n'admettait pas qu'il eût quoi que ce soit à céder à la Suisse[1]. Au cas où il serait obligé de renoncer à la Savoie, il ne voulait pas diminuer la valeur de son enjeu en le livrant amoindri ou en le reconnaissant grevé d'une servitude. Mais lui, qui s'emparait si volontiers du bien d'autrui, ne pouvait se décider à lâcher une parcelle du territoire de son souverain. Il se plaignait des ministres intérimaires, auxquels il venait de reprendre le pouvoir, qui n'avaient pas su exploiter l'attitude désintéressée de la France après Villafranca pour rendre à tout jamais impossible l'abandon de l'ancien duché de Savoie[2]. Il espérait encore, par des prodiges de diplomatie, éloigner cette coupe amère de ses lèvres. Les réclamations de la Suisse, jointes à la mauvaise humeur de l'Angleterre, pouvaient devenir un élément de résistance; il fallait unir ces deux actions, les fortifier par un mouvement en Savoie même... Peut-être y aurait-il là de quoi faire lâcher prise à l'empereur.

Ces dispositions se font sentir dès le début dans la correspondance de Tourte. Le 9 février, il écrit que Cavour, tout en lui

---

1. Cavour écrivait, le 23 janvier 1860, au chevalier Des Ambrois, ministre sarde à Paris : « Je ne vous parlerai pas aujourd'hui de la question de Savoie... La seule chose qui me paraisse à faire, c'est de s'opposer à toute cession à la Suisse, car ce serait là un contrat de dupe, où il y aurait tout à perdre et rien à gagner. » Cf. *Lettere edite ed inedite di Camillo Cavour*, t. III, p. 185. — Il va sans dire que les objections de Cavour tombaient si c'était Napoléon qui était le donateur. Il est même probable que ce partage l'aurait plutôt contenté. C'est ce qu'il a l'air de dire dans une lettre du 28 février au comte Arèse. Cf. *Ibid.*, t. III, p. 221.

2. Cavour disait à sir James Hudson : « ... Jamais je n'y aurais consenti si j'avais trouvé la question intacte; mais, pendant le ministère Ratazzi, le roi, laissé trop seul pour les Affaires étrangères, s'est laissé entraîner dans une correspondance particulière à ce sujet avec l'empereur, avec lequel il se trouve lié d'honneur » (lettre de Tourte du 16 février 1860). — Cette assertion de Cavour, un an et demi après l'entrevue de Plombières, est caractéristique et amusante aussi.

faisant un excellent accueil, a refusé, soit de céder directement des districts à la Suisse, soit d'y assurer une votation distincte. Mais il est possible que Napoléon III fasse quelque chose : il peut céder 80,000 Savoisiens à la Confédération. Il faut s'appuyer sur l'Angleterre et provoquer des manifestations dans la Savoie du Nord. La question est à Paris et à Londres, non plus à Turin.

Le lendemain, Tourte visite le ministre de Grande-Bretagne auprès de la royauté sarde, Sir James Hudson, et du coup, sans que cela, semble-t-il, ait souffert de difficulté, il tombe sous son influence au point de ne plus voir les choses que par les yeux de son respectable collègue. Entre les deux hommes, la conversation paraît avoir erré un peu ; l'envoyé anglais estime qu'il ne faut pas trop récriminer, surexciter les Français et provoquer une campagne victorieuse de l'opposition contre le ministère britannique. Mais, aussi, il encourage la Suisse à s'opposer à toute espèce de cession. « Ce n'est pas pour rien, écrit Tourte, que Cavour m'a tant prié d'aller voir Sir James Hudson ; il savait bien qu'il m'offrirait, comme il l'a fait, de nous allier et de marcher parfaitement unis pour contrecarrer toutes les velléités envahissantes de la France. Voyez tous les représentants des puissances, m'a-t-il dit ; intéressez-les à la Suisse ; elles sont déjà bien disposées pour elle. Ameutez-les contre les prétentions de l'empereur ; ce sera facile, car elles ont peur. Je vous aiderai de toutes mes forces... » Sir James recommande encore à Tourte de faire « autant de bruit que possible » et de partir pour Londres pour prendre contact avec les ministres anglais. Tourte accepte de faire campagne à deux, « sous réserve qu'on éviterait toute démarche évidemment hostile à la France ».

Le 11 février, Tourte écrit ces lignes caractéristiques :

Sir Hudson (*sic*) recommande de demander pour la Suisse tout le territoire neutralisé ; il explique qu'avec cette réserve et celle de conserver à la Sardaigne la Haute-Maurienne, la cession du reste de la Savoie est sans grande importance... Je persiste à conseiller de s'adresser à Londres, parce que nous n'aurons rien d'assuré jusqu'à ce que nous ayons un arrangement de l'empereur avec l'Angleterre. Il est tout à fait erroné de croire que l'empereur s'entête dans une question parce qu'on lui fait opposition. Il a, au contraire, montré dans mainte occasion, et maintenant, assure-t-on, à cause de l'Italie centrale, qu'il sait fort bien modifier ses intentions premières.

Un peu plus loin, Tourte reconnaît que cette affaire « nécessairement prend plus ou moins l'apparence d'une opposition à la France ».

Rapprochons les dates : au commencement de février, Napoléon III montre les meilleures dispositions à l'égard de la Suisse. Le 6, Kern est informé qu'en cas de cession de la Savoie, les districts du nord seront abandonnés en toute propriété à la Confédération ; cette résolution est immédiatement transmise aux cabinets de Londres et de Turin. Rien ne pouvait être plus favorable à la Suisse que cette combinaison qui redressait la situation fausse créée par les traités de Vienne et de Paris. Or, c'est à ce moment même que Sir James Hudson, qui devait connaître exactement les intentions de l'empereur, engage l'envoyé par trop confiant et inexpérimenté du Conseil fédéral à réclamer le maintien du *statu quo*, à ameuter l'Europe contre les prétentions françaises et, en fin de compte, à réclamer toute la Savoie neutralisée, c'est-à-dire un territoire considérable, inutile à la défense de la Suisse et dont la seule revendication devait rendre tout arrangement à l'amiable impossible. Il faut reconnaître que le ministre de Grande-Bretagne exploitait de singulière façon l'alliance qu'il avait fait accepter à son collègue nouveau venu.

Cette attitude, du reste, ne se dément pas : le 16 février, Tourte exprime l'opinion que les offres françaises ne tendent qu'à endormir la Suisse, et toute une série de lettres postérieures renouvellent le même conseil : il faut agir énergiquement, s'opposer à la France, s'appuyer sur l'Angleterre.

D'autre part, le professeur genevois de La Rive, que sa grande réputation scientifique avait mis en rapports avec une foule de hautes personnalités européennes et qui connaissait intimement plusieurs hommes d'État anglais, exprimait la même opinion dans une succession de lettres au Conseil fédéral. Il écrivait le 5 mars : « Me permettez-vous de vous dire qu'on se défie un peu en Angleterre de M. Kern, qu'on regarde comme un peu trop dévoué à la politique de l'empereur, tout en reconnaissant qu'il sert très bien les intérêts suisses...? » et quelques jours après[1] : « Lord John Russel me fait dire qu'il faut tâcher de faire voter les Savoisiens en faveur du Piémont. »

1. Le 17 mars 1860. Ces lettres sont antérieures à la mission de M. de La Rive à Londres ; elles sont datées de Genève.

Les résultats de cette action se font promptement sentir. Il
suffit, pour le constater, de mettre en regard, en respectant
strictement la chronologie, les lettres que reçoit le Conseil fédéral et les instructions qu'il envoie à ses agents. Au début, il
attendait tout de sa négociation avec l'empereur; brusquement,
sur les avis qui lui arrivent du dehors, il prépare des protestations, insiste sur le maintien du *statu quo*, conteste à la France
et à la Sardaigne le droit de disposer de la Savoie du Nord sans
une décision de l'Europe; et, le 19 mars, il élargit la question
et par une circulaire réclame l'intervention des puissances
signataires des traités de Vienne[1]. Peu après, cédant aux con-
seils de son délégué à Turin[2] et à l'impulsion de nombreuses
sociétés patriotiques ou autres qui déclamaient et demandaient
des mesures énergiques, le gouvernement suisse discute l'oppor-
tunité d'une occupation militaire du Chablais et du Faucigny,
et, afin d'avoir des troupes sous la main, hâte, dans les cantons
occidentaux, la date des cours de répétition[3].

En France, c'est le contre-coup. Le 20 février déjà, Kern
écrit que les faits et gestes de son collègue de Turin rendent sa
position difficile et que Tourte est considéré à Paris « comme
tirant en sens inverse de la France ».

Le 11 mars, Kern précise : l'empereur se plaint de ce qu'on
n'ait pas eu de confiance en lui et qu'on ait travaillé contre lui
à Turin et à Londres. Le 16, Tillos s'exprime dans les mêmes

1. Kern télégraphie le 19 mars : « Cowley recommande : accélérez note aux
puissances. »

2. Tourte écrit le 21 mars : « Hudson, au nom de son gouvernement,
déclare que le roi n'a pas le droit de céder le territoire neutralisé sans l'assentiment des puissances. Si nous n'appuyons pas immédiatement cette protestation de l'Angleterre et n'occupons pas le territoire neutralisé en même temps
que les Français occuperont le reste de la Savoie, je considère notre cause
comme perdue. » — Il est probable que Tourte dépassait encore les intentions
de son conseiller.

3. Cette mesure, autour de laquelle on fit beaucoup de bruit, était en elle-
même fort peu de chose. Dans son message du 28 mars aux Chambres, le Conseil fédéral disait : « Il est aussi hors de doute que l'armée française se retirera
de l'Italie en France en passant par la Savoie. Dans ces conjonctures, on ne
saurait adresser à la Suisse un reproche si, dans l'intérêt de sa sûreté et pour
calmer la population, elle a avisé à quelques dispositions militaires... Dans ce
but..., nous avons appelé un peu plus tôt que cela n'aurait eu lieu sans cela,
à un cours de répétition, quelques détachements de troupes des cantons de
Berne, Glaris, Fribourg, Vaud, Valais et Neuchâtel » (*Feuille fédérale*, 1860,
t. I, p. 471).

termes par-devant le chef du Département politique : la Suisse, par ses démarches, témoigne de sa défiance à l'égard du gouvernement impérial. Entre-temps, les journaux officieux français, la *Patrie* en tête, ouvrent une violente campagne contre les prétentions helvétiques.

Le 22 mars, le général Dufour, envoyé à Paris pour tenter une démarche suprême auprès de Napoléon III, écrit : « Il, — l'empereur, — se plaint de menées et d'expressions excessivement blessantes pour lui, en un mot de dispositions hostiles à son égard... » Le 27, le même correspondant constate que l'opinion française est très montée. L'empereur a été froissé de « quelques propos qui lui sont revenus et qui étaient l'expression d'une grande malveillance à son égard ». Dufour ajoute cependant que Napoléon aurait été disposé à faire quelque chose pour la Suisse si l'état de la France et de la Savoie le lui avait permis.

L'affaire prenait donc un tour fâcheux. Certes, on peut adresser de justes reproches à l'empereur Napoléon III : quels que fussent son désir de contenter absolument l'opinion française ou ses griefs contre la Suisse, il y a des contradictions auxquelles un chef d'État ne s'expose pas. On ne voit pas fort bien pourquoi la remise à la Confédération de la Savoie du Nord, que l'empereur et ses ministres disaient très facile au mois de février, était devenue impossible au mois de mars, et le fait qu'un journal officieux comme la *Patrie* avait ouvert la polémique et continuait de crier plus fort que tous les autres, tend à prouver, qu'au début du moins, le mouvement de l'opinion publique n'était pas très redoutable.

Mais, du côté du Conseil fédéral, quelle remarquable série de maladresses! Alors que les négociations avec le gouvernement impérial sont dans la phase la plus heureuse, il prête l'oreille à des suggestions hostiles et prépare à ses interlocuteurs un excellent prétexte pour se soustraire à leurs engagements. Il abuse des notes écrites, invoque une intervention européenne quand il conserve l'espoir de s'arranger avec Napoléon et se donne enfin l'émotion d'une petite agitation militaire, qui ne devait pas le conduire à une guerre dont il repoussait jusqu'à la pensée, mais n'en pouvait pas moins envenimer les choses et provoquer des complications sérieuses.

Le traité de cession de la Savoie, signé le 24 mars à Turin après une bruyante résistance de Cavour, semblait devoir donner le signal des « mesures énergiques ». Heureusement, une autre influence intervint. En vertu de la constitution suisse, le droit de disposer de l'armée n'appartient pas à l'Exécutif, mais à l'Assemblée fédérale. Les Chambres furent donc convoquées en session extraordinaire. Elles se réunirent le 28 mars et eurent bientôt fait de diminuer l'ardeur belliqueuse du Conseil fédéral. Contrairement à lui, elles estimèrent que la série des ressources diplomatiques n'était nullement épuisée ; et l'article 2 du traité de Turin, que Tillos venait justement de communiquer à Berne, leur paraissait ouvrir des perspectives d'entente :

Il est entendu, disait cet article, que S. M. le roi de Sardaigne ne peut transférer les parties neutralisées de la Savoie qu'aux conditions auxquelles il les possède lui-même et qu'il appartiendra à S. M. l'empereur des Français de s'entendre à ce sujet, tant avec les puissances représentées au congrès de Vienne qu'avec la Confédération helvétique, et de leur donner les garanties qui résultent des stipulations rappelées dans le présent article.

Le Conseil fédéral avait demandé des pleins pouvoirs ; les Chambres les lui accordèrent ; mais elles en fixèrent d'avance l'usage et prescrivirent au gouvernement de poursuivre les négociations dans le calme avec la France et les autres puissances européennes.

V.

L'intervention de la diplomatie anglaise fait donc entrer l'affaire de Savoie dans une phase nouvelle. Avec le commencement du mois d'avril, les négociations à l'amiable entre Suisse et France sont devenues très difficiles ; mais le Conseil fédéral, modéré par les Chambres, doit renoncer à l'attitude belliqueuse qu'il a prise un instant. Il en a appelé à l'Europe ; désormais, sa seule ressource est de provoquer la réunion d'une conférence européenne qui discutera la question dans son ensemble et assurera peut-être à la Suisse les cessions territoriales que l'empereur Napoléon lui a, en fin de compte, refusées. C'est exactement ce que, dès le début de l'affaire, le gouvernement anglais attendait et désirait de la Confédération.

Il ne laisse d'ailleurs aucune trêve au Conseil fédéral. Le 3 avril, Kern écrit que Cowley recommande d'envoyer une circulaire aux

puissances en vue d'une conférence ; le 4, il télégraphie : « Accélérez note pour conférence, Russel le désire. » Des avis semblables
arrivent de Londres et le gouvernement suisse s'exécute : par
des circulaires du 5 et du 11 avril, il demande la convocation
d'une conférence, insiste pour que, en attendant la décision de
l'Europe, le *statu quo* soit maintenu en Savoie et proteste contre
toute votation qui ne donnerait le choix qu'entre le Piémont et la
France. Thouvenel répond immédiatement : dans des notes du 7
et du 16 avril, il discute les textes des traités cités par la Suisse,
soutient que la Savoie du Nord n'a pas de valeur pour elle et
qu'elle n'a d'ailleurs aucuns droits à invoquer sur les territoires
neutralisés. Et la conversation continue [1].

D'autre part, le Conseil fédéral donne l'ordre à ses agents,
Kern à Paris, Tourte à Turin, de Steiger à Vienne, de faire leur
possible, soit auprès du gouvernement, soit par leurs rapports
avec les représentants d'États étrangers, pour provoquer la conférence. Il élargit son action : à Londres, il a envoyé, dès la
seconde moitié de mars, le professeur de la Rive, qui, depuis
longtemps, dans ses lettres privées au chef du Département politique, insistait sur l'utilité d'une mission en Angleterre. A Berlin, c'est le conseiller national Dapples, de Lausanne, qui est
délégué au commencement d'avril. Quant à Pétersbourg, le Conseil fédéral aurait voulu y accréditer l'illustre général Jomini,
qui vivait près de Paris dans une retraite complète. Mais celui-ci
refuse : il est trop malade, trop vieux. C'est Dapples qui, sa
mission à Berlin terminée, est chargé de pousser jusqu'en Russie.
Ces agents reçoivent des instructions identiques : intéresser
l'Europe aux demandes de la Suisse, préparer la réunion d'une
conférence.

Mais, quelle que soit la peine que la plupart de ces hommes se
donnent pour servir leur pays, leur action se réduit à peu de
chose. C'est à Londres, au *Foreign office*, qu'aboutissent tous
les fils de la négociation ; le Conseil fédéral qui, depuis longtemps,
subit l'influence des ministres britanniques, s'attache à eux d'un
lien indissoluble jusqu'au moment où, l'affaire de Savoie ayant
perdu toute importance aux yeux de ses puissants protecteurs,
ceux-ci cherchent à bâcler une solution quelconque et préconisent

---

1. Ces notes ont été reproduites par les journaux de l'époque. Elles se
trouvent dans la *Feuille fédérale*, 1860, t. I, p. 547 et suiv.; t. II, pièces
annexes placées après la page 314.

exactement les procédés qu'ils ont empêchés d'aboutir au début.

La personnalité de l'agent de la confédération à Londres facilite la tâche du cabinet anglais. De la Rive est convaincu d'avance : pour lui, c'est le gouvernement de la reine qui seul veut du bien à la Suisse ; il faut le laisser faire en toutes choses, le suivre fidèlement. Dès ses premières lettres, il s'étend sur la bonne réception dont il a été l'objet, sur les faveurs dont le comblent les ministres. Mais c'est aussi la politique anglaise qu'il recommande ; à la date du 25 mars, il écrit : « Il faut chercher à agir auprès de toutes les puissances signataires des traités de 1815 en employant pour cela les hommes et les moyens les plus propres à réussir auprès de chacune d'elles... » Le 31, après une conversation avec Russel, il déclare que les quatre grandes puissances sont d'accord pour peser sur la France en vue de sauvegarder la neutralité helvétique. Le noble lord admet que la possession du Chablais et du Faucigny est indispensable à la Suisse ; mais il faut marcher droit et se garder de toute concession : « Le ministre est revenu sur la manière fâcheuse dont, suivant lui, la Suisse aurait engagé l'affaire en s'adressant à la bienveillance de l'empereur pour obtenir un morceau du gâteau au lieu de rester appuyée sur son droit. » Cette attitude a, paraît-il, excité la mauvaise humeur des Anglais.

Le 3 avril, de la Rive, de plus en plus satisfait, constate que les dispositions à l'égard de la Suisse deviennent toujours meilleures. La reine fait chorus : « Il est impossible de témoigner des sympathies plus réelles et plus éclairées pour la Suisse que ne l'ont fait les deux personnes royales... » Le prince Albert recommande une attitude modérée, mais ferme. Russel est d'avis que la Confédération doit insister plus qu'elle ne l'a fait pour la conférence. Les quatre puissances l'approuvent ; seule la Russie n'est pas absolument sûre.

Pourquoi le gouvernement anglais tenait-il si fort à cette procédure ? La conférence présentait évidemment de grands avantages ; elle reprendrait la question dans son ensemble, imposerait sans doute à la France des conditions ou des servitudes qui diminueraient la valeur de son acquisition nouvelle, et, surtout, elle serait un succès moral, elle prouverait la puissance de l'Angleterre qui fait aboutir toutes choses par les voies et moyens qu'elle a recommandés... Mais cette conférence était-elle probable ?

Comme le prouve l'histoire diplomatique, des assises euro-

péennes se réunissent, non pas pour trancher une difficulté, mais
lorsque cette difficulté est déjà à peu près résolue. Elles supposent
une entente préalable sur les points fondamentaux, car les grands
États n'exposent pas leurs représentants à un échec dont les
conséquences peuvent être fort graves. Or, rien de pareil n'avait
été fait en 1860; des oppositions redoutables existaient entre
plusieurs gouvernements; toute discussion sur les affaires cou-
rantes menaçait de faire surgir des divergences irréductibles. La
conférence remettrait forcément en question des résultats acquis,
mais elle serait aussi, par sa réunion même, comme la reconnaissance implicite d'un nouveau *statu quo;* elle ne devait donc
tenter ni les États révolutionnaires ni les puissances conservatrices.

Les conseillers fédéraux, plutôt novices en diplomatie, pouvaient se faire illusion; mais comment admettre que les hommes
d'État anglais, de vieux routiers de la politique comme Palmerston et Russel, aient pu s'y tromper? la conférence restait très
problématique; si, par hasard, elle se réunissait, son programme
serait limité de telle sorte que rien d'important n'en sortirait
jamais.

Mais si, en lui-même, le projet n'avait pas grande valeur, au
point de vue parlementaire, il assurait aux ministres anglais de
précieux avantages; le compte-rendu des séances suffit à le
prouver. Pendant le mois de mars, la question de Savoie provoque dans les deux Chambres, et surtout aux Communes, d'in-
cessantes discussions. Peu à peu l'opposition fait dévier son
attaque. Au lieu de soutenir que l'annexion de la Savoie par la
France est un malheur pour l'Angleterre, — ce qui ne devait
pas être très facile à démontrer! — elle insiste sur le préjudice
que vont subir les traités existants; la Suisse étant désormais
ouverte à la France, l'équilibre européen est menacé et le gouvernement qui, aveuglé par sa francophilie, laisse perpétrer des
attentats pareils, est infidèle à son devoir et néglige les intérêts
anglais. Les ministres s'efforcent de diminuer l'importance du
dommage; ils témoignent de leur vigilance et proclament en
termes excellents leur intérêt pour la Suisse. Ils se sentent cependant sur un mauvais terrain, et, à plus d'une reprise, évitent
le débat.

Le 23 mars, un changement se marque : Lord John Russel,
qui a connaissance de la circulaire fédérale du 19 et peut croire

par là même que la Suisse a définitivement adopté le point de vue anglais, le prend de beaucoup plus haut. L'affaire de Savoie, dit-il, est devenue matière à négociation entre les puissances ; le gouvernement ne s'expliquera pas davantage.

Trois jours après, répondant à une interpellation de M. Horsman, Lord John Russel développe sa thèse : la Suisse en a appelé à l'Europe ; tout s'arrangera avec l'assentiment des puissances. Il faut attendre les renseignements qui viendront de Berlin, Vienne et Pétersbourg. Le ministre juge assez sévèrement l'attitude ambitieuse de Napoléon ; mais il affirme que l'Angleterre saura veiller à ce que cette ambition ait des limites et à ce que la paix européenne soit maintenue.

Le 23 avril, la même argumentation reparaît. L'Angleterre n'a pu empêcher un arrangement particulier entre Napoléon III et Victor-Emmanuel, — il faudrait pour cela risquer une guerre ; — mais elle veille sur les intérêts généraux de l'Europe et s'occupe de la Suisse, dont les légitimes revendications seront satisfaites. La conférence qui se réunira très probablement saura concilier les faits accomplis avec les traités de Vienne. Quant au programme qu'elle suivra, le gouvernement ne peut rien en dire, sous peine de manquer à son devoir.

Même discours, à peu de chose près, le 27 avril. Le ministère est de nouveau maître de la situation.

Malheureusement, cette haute protection de l'Angleterre ne laissait pas que d'être pesante. Le Conseil fédéral y perdait toute liberté d'action ; il passait à l'état d'instrument et se voyait obligé de repousser les propositions quelles qu'elles fussent qui pouvaient lui venir d'ailleurs ; les ministres anglais ne badinaient pas sur ce point.

A la date du 9 avril, en effet, le président Frey Hérosée déclare dans une note déposée aux archives que Harris lui a montré une dépêche de Russel disant que le *Foreign office* a eu connaissance d'une négociation directe entre Kern et Thouvenel et que, si pareille chose se reproduit, l'Angleterre abandonnera la Suisse à son sort.

Frey Hérosée lui répond qu'il y a malentendu, que le gouvernement fédéral ne désire que la conférence. Mais il paraît que l'alerte a été chaude, car, le 11 avril, de la Rive en fait le principal objet d'une lettre :

J'ai réussi à diminuer, écrit-il, sans pourtant complètement l'effacer, la mauvaise impression que cette affaire a laissée dans l'esprit du ministre anglais. Je crois que ce qu'il y aurait de mieux, c'est que, jusqu'à la conférence, M. Kern n'eût point, ou le moins possible, de rapports avec M. Thouvenel...

Le 14 avril, ce mécontentement est à peine calmé ; Naville, le secrétaire de M. de la Rive, écrit :

Il, — Russel, — écouta avec satisfaction quelques nouvelles assurances que nous pûmes lui donner que M. Kern n'avait nullement prêté l'oreille à des négociations directes avec la France... et que la Suisse n'entendait avoir affaire à la France que par l'intermédiaire des autres puissances...

VI.

Le Conseil fédéral savait donc à quoi s'en tenir. Il n'est pas probable qu'il ait eu la moindre intention de prêter l'oreille à des propositions françaises ; mais, désormais, il s'interdit jusqu'à l'apparence de pareilles incartades[1]. Dans une circulaire datée du 16 avril, il donne l'ordre à ses agents de protester vigoureusement contre l'assertion que la Suisse joue un double jeu et traite séparément avec la France.

Les mauvais jours étaient venus pour le gouvernement fédéral ; il n'en était plus à compter les déceptions : la population savoisienne, consultée sur sa réunion à l'empire, l'avait acceptée à la presque unanimité[2], et les journaux français, que l'opposition

---

1. Entre Kern et Thouvenel, les pourparlers n'avaient pas cessé ; cela ressort des nombreuses lettres que le ministre de Suisse à Paris envoyait au Département politique. Kern était d'ailleurs *personna grata* auprès de l'empereur, auquel l'unissait une amitié de jeunesse. Mais de là à prétendre que la Suisse songeait à fausser compagnie à ses protecteurs de Londres, il y a loin. Il n'y a qu'à comparer les rapports et dépêches qui arrivent d'Angleterre avec les décisions du Conseil fédéral pour savoir d'où viennent les inspirations auxquelles ce corps obéit.

2. Il n'est pas dans le cadre de cette étude de décrire la votation savoisienne du 22 avril. Je dirai seulement qu'elle est un des nombreux exemples de la dextérité avec laquelle les Bonaparte ont toujours manié le suffrage universel. La Savoie n'était nullement unanime dans sa sympathie pour la France ; or, sur 135,449 électeurs inscrits, 130,553 votèrent pour l'annexion ; 235 contre. On peut se demander où se trouvaient les 12,000 citoyens qui, peu de semaines auparavant, pétitionnaient en faveur de la Suisse.

suisse avait l'art d'exaspérer, montaient le ton jusqu'à devenir menaçants. Plus que jamais, la conférence lui apparaissait comme le seul moyen d'en finir honorablement.

C'était tout jouer sur une seule carte, et la carte pouvait être mauvaise. Les avis dans ce sens ne manquaient pas. Le 10 avril, Tourte télégraphie de Turin que la Russie est favorable à l'annexion de la Savoie, l'Autriche timorée et que la Prusse ne bougera pas. Le même jour, Kern télégraphie de Paris que M. de Kisselef, ambassadeur de Russie, déclare que Napoléon ne veut ni ne peut céder la Savoie du Nord à la Suisse et qu'il faut transiger. Dapples, qui a été bien accueilli à Berlin, mais ne reçoit aucune assurance positive, se montre en général pessimiste. Dans une lettre du 23 avril, il va jusqu'à mettre en doute l'appui de l'Angleterre : « J'ai vu Lord Bloomfield qui, à côté d'une réception fort amicale, m'a paru moins explicite que M. de Schleinitz. L'Angleterre n'attache, dit-il, qu'une importance secondaire à ce qui se passe sur le continent. Elle aime cependant beaucoup la Suisse et fera pour elle tout ce qui sera en son pouvoir. Voilà d'excellentes paroles, mais il ne m'a pas paru qu'il y eût une intention marquée d'aller au delà. La bonne intelligence avec la France paraît être au fond la principale préoccupation de l'Angleterre. »

Et tandis que ces doutes se font jour, voici le gouvernement français qui se remet à faire des avances. Malgré les déclamations des journaux officieux, l'opposition décidée de la Suisse et le bruit que cette affaire produisait en Europe ne laissaient pas que de le troubler un peu[1]. L'empereur, comme Persigny l'avait dit à de la Rive[2], désirait éviter la conférence dont il n'attendait rien de bon. Enfin, même après le vote de la population savoisienne, il restait à obtenir l'approbation du Parlement sarde et, à Turin, l'opinion était assez montée pour faire craindre, surtout si l'Angleterre s'en mêlait, une opposition sérieuse.

De là une série de propositions tendant à un arrangement aussi prompt que possible. Le 13 et le 15 avril déjà arrivent des dépêches de Kern : « Thouvenel offre une petite cession territo-

---

1. Thouvenel écrivait à Gramont, le 8 avril : « La Savoie et la Suisse m'absorbent et le reste s'en ressent un peu. » Cf. *le Secret de l'empereur*, t. I, p. 119.

2. « La France craint une conférence; elle en voit naître de l'aigreur surtout entre l'Angleterre et elle... » (lettre du 3 avril).

riale près du lac. » En même temps ou quelques jours plus tard,
le ministre des Affaires étrangères envoie à ses agents diplomatiques en Europe une circulaire confidentielle, dont un exemplaire
parvint au Conseil fédéral sans que celui-ci dise comment. Thouvenel y expose les concessions ou satisfactions que la France peut
faire à la Suisse; il rappelle sa thèse sur les traités de 1815,
repousse l'idée d'une cession territoriale, mais admet l'hypothèse
d'une rectification de frontières, de Meillerie au col Ferret, par
exemple. Après cela, il est juste de ménager les susceptibilités
helvétiques en s'engageant à ne pas avoir de flottille sur le lac,
de lui accorder des avantages commerciaux par l'établissement
d'une zone douanière dans la Savoie du Nord. L'auteur admet
que, pour racheter une servitude plus étendue, on s'en impose une
autre sur une partie plus exiguë de la Savoie.

Bientôt les propositions françaises se précisent; elles viennent
par voie anglaise, soit que le gouvernement impérial en informe
son représentant à Londres, Persigny; soit plutôt par l'entremise
de Lord Cowley, ambassadeur d'Angleterre à Paris.

Dans une lettre du 16 avril, de la Rive mentionne ces ouver-
tures : la France propose une rectification de frontières vers
Meillerie et la cession à la Suisse de la rive gauche du petit lac.
De la Rive estime cela insuffisant et Russel est de son avis.

Le 21 avril, de la Rive, après avoir décrit les agitations du
Parlement et la faveur dont y jouit la Suisse, raconte que Russel
lui a montré une lettre de Persigny offrant à peu près les mêmes
avantages. Le point capital, c'est que Thonon et Évian doivent
rester français. De la Rive a fait remarquer au ministre que cela
ne suffisait pas : « Au lieu de me répondre, continue-t-il,
Lord John Russel tira d'un carton pour m'en donner lecture la
copie d'une réponse faite aux ouvertures de M. de Persigny par
le premier ministre, réponse qui me frappe par la fermeté et l'habileté avec lesquelles elle est rédigée. Dans cette remarquable
dépêche, les cessions proposées sont réputées tout à fait insuffisantes pour la sûreté de la Suisse[1]. » En terminant, de la Rive
déclare que la conférence aura lieu à coup sûr.

Le 1er mai encore, il accentue le même point de vue : « Quant

---

1. Cette lettre de Palmerston à Persigny se trouve, datée du 17 avril, dans
l'ouvrage d'Augustus Craven : *Lord Palmerston; sa correspondance intime.*
Traduction française, t. II, p. 583.

au fond, Lord John persiste à encourager la Suisse à demander une bonne et suffisante frontière militaire... »

Pourtant, il y aurait eu là matière à entente; d'autant plus qu'en entrant dans la voie des négociations on aurait pu obtenir davantage de la France. Celle-ci devait encore élargir ses offres. Il ressort, en effet, du *Blue book* que le ministère anglais publia en juillet 1860 sous le titre : *Affairs of Italy, Savoy and Switzerland*, qu'en mai de la même année le gouvernement français offrit par l'intermédiaire de Lord Cowley : 1° une rectification de frontières de Meillerie au col Ferret, exécutée par une convention internationale, pour assurer la défense des passages conduisant de Savoie en Valais; 2° la cession de la rive gauche du petit lac jusqu'au promontoire de Douvaine; 3° l'engagement de ne pas tenir de flottille sur le lac et de ne pas élever de fortifications dans la Savoie neutre; 4° l'extension du libre échange à toute la zone neutralisée.

Sans doute la Confédération avait désiré davantage, et ces concessions ne l'auraient guère fortifiée au point de vue stratégique; mais elles lui auraient assuré, en plus de quelques districts complétant avantageusement les cantons de Genève et du Valais, une satisfaction morale; c'était la reconnaissance implicite du bien fondé des réclamations fédérales, et, aussi, c'était un règlement définitif de cette affaire de Savoie sur laquelle, depuis près d'un demi-siècle, on ne pouvait s'entendre. Et comme les offres étaient faites par l'entremise de l'Angleterre, la Suisse pouvait y accéder sans manquer à aucun engagement ou s'exposer à aucun reproche.

Mais le Conseil fédéral considère comme insuffisantes les propositions françaises dont il n'a, du reste, qu'une connaissance imparfaite[1]. Il est visiblement influencé par la diplomatie anglaise

---

1. Il est intéressant de constater qu'il y a une différence marquée entre les propositions du *Blue Book* et celles contenues dans les lettres de M. de la Rive. Ces dernières sont moins avantageuses que les premières. Le 20 mai, alors que l'attitude de l'Angleterre s'est déjà modifiée, Frey Hérosée fait un rapport sur les propositions françaises; mais les éléments lui manquent; il ne dispose que de la circulaire de Thouvenel et des lettres de l'envoyé suisse à Londres et il résume comme suit les concessions offertes : « 1° Cession einer kleinen Berglinie von Meillerie nach dem Col de Ferret; 2° Verpflichtung keine bewaffneten Schiffe auf dem Genfersee zu halten und keine Festungswerke im Neutralgebiet zu errichten, dieses unter Vorbehalt der Reciprocität. » Dans ces conditions, le Conseil fédéral conclut au rejet et, le 23, envoie

qui lui a toujours déconseillé les concessions. Il compte fermement sur la conférence que son représentant à Londres lui a pro-
mise et répond à chaque offre nouvelle qu'il s'en tient à ses
demandes primitives.

Et, tout à coup, un langage absolument nouveau se fait
entendre.

VII.

Les honorables magistrats qui présidaient aux destinées de la
Suisse durent éprouver une surprise profonde quand, dans leur
séance du 8 mai, ils prirent connaissance d'une dépêche de M. de
la Rive datée de la veille et ainsi conçue :

Lord John Russel demande si la Confédération persiste à traiter
par l'intermédiaire des puissances ou si elle préfère traiter directement avec la France. J'ai répondu que le Conseil persiste pour l'intermédiaire des puissances. Russel désire confirmation positive de
cette réponse par vous. L'Angleterre est toujours très favorable à la
Confédération.

Peu après arrive une lettre datée du 5 : Russel paraît ébranlé;
il engage la Suisse à traiter directement avec la France, « comme
les autres puissances le lui ont déjà conseillé ». De la Rive, lui,
opine pour la fermeté : la Confédération est assurée de la bienveillance de la Prusse et de la Grande-Bretagne, et les journaux
de Londres la soutiennent vivement; une guerre entre la France
et l'Angleterre est d'ailleurs probable. Et l'Envoyé fédéral, que
les idées et les passions des gens qui l'entourent paraissent entraîner un peu loin, ajoute :

J'ai le sentiment que la conférence ne pourra rien faire à cause de
la mauvaise volonté de la France. Elle nous sera néanmoins très
utile, quand ce ne serait que pour constater cette mauvaise volonté
et obtenir une protestation des puissances en notre faveur.

Une autre lettre du 8 mai accentue la reculade; Russel désire

une note dans ce sens à ses agents. — Ainsi, ou bien Russel ne transmet pas
à de la Rive toutes les concessions françaises, ou bien celui-ci ne rapporte pas
à son gouvernement tout ce que lui dit le ministre. Il est regrettable que le
Conseil fédéral n'ait pas envoyé Kern aux renseignements. S'il ne l'a pas fait,
c'est sans doute pour ne pas s'exposer au reproche de négocier directement
avec la France.

que la Suisse examine la convenance de proposer une frontière
plus rapprochée du lac. La France maintient ses offres.

A ces mauvaises nouvelles de Londres se joignent des renseignements désastreux qui viennent un peu de partout. Le 3 mai, Tourte
écrit qu'il doute que la conférence ait lieu, vu le refus de l'Autriche
de siéger avec le Piémont. Il confirme cet avis le 11 : Cavour compte
fort peu sur la conférence. Le 9 mai, de Steiger télégraphie de
Vienne : Lord Loftus lui a déclaré que, vu le manque d'entente
des puissances, il y avait bien peu de chances pour que la conférence se réunît. Kern écrit le 6 mai que l'ambassadeur d'Autriche,
Metternich, conseille au gouvernement suisse de se rapprocher de
la France. Il ne faut pas s'attendre à la réunion d'une conférence ; les puissances y joueraient un rôle ridicule ; aucune d'elles
d'ailleurs ne veut faire la guerre, et, avec de simples représentations, on n'obtiendra rien de la France. Deux jours plus tard,
Kern insiste sur le changement d'attitude de l'Angleterre ; Kisselef l'a rendu attentif à la nouvelle manière de Cowley : « Auparavant, résistance contre tout agrandissement de la France ;
maintenant, pacification, transaction pour finir cette affaire. »
Dapples, enfin, que son voyage en Prusse et en Russie met en
rapports avec beaucoup de gens, donne une note uniforme : la
cause de la Suisse provoque des sympathies, mais la Confédération aurait tort de compter sur un appui effectif.

Le Conseil fédéral fait face comme il peut. Il répond à de la
Rive que les puissances n'ont aucunement engagé la Suisse à
s'arranger avec la France, — ce qu'il pouvait à la rigueur croire
encore le 8 mai, — et qu'il entend comme par le passé traiter par
l'intermédiaire de l'Europe. Il écrit à chacun de ses agents que
la Suisse maintient son point de vue, qu'elle ne réclame, comme
elle l'a toujours fait, qu'une bonne frontière militaire qui lui per-
mette de défendre sa neutralité.

Mais il y a évidemment quelque chose qui ne va plus. Le
16 mai, de la Rive reconnaît que Russel devient « très froid sur
la conférence » et que l'Angleterre se rapproche de la France. Il
faut que Kern « redouble ses instances à Paris » (!). Russel veut
que les propositions françaises qui suivent soient transmises au
Conseil fédéral : 1° rectification de frontières de Meillerie au col
Ferret ; 2° engagement de ne pas entretenir de flottille et de ne
pas construire de forteresses sur une partie du territoire neutra-

lisé[1]. Et de la Rive continue : « Il me paraît bien qu'il n'y a
aucun espoir d'obtenir la frontière militaire que nous demandons.
La France s'y refuse absolument et les puissances se contente-
ront de protester et de ne pas reconnaître le traité fait à Turin le
24 mars... » Il est vrai que, sans doute pour rester conséquent
avec lui-même, le savant professeur termine par cette conclusion
certainement inattendue : « ... Il me semble que notre véritable
intérêt est de faire de même et que nous ne devons faire aucune
concession sur ce qui est notre droit. »

Le 21, il est un peu moins pessimiste. Russel, qu'il a été voir
à la campagne, parle encore de conférence, mollement il est vrai.
Mais le ministre, que son éloignement momentané de la politique courante prédispose visiblement aux grandes envolées, a
traité de questions générales avec l'envoyé suisse; la situation
selon lui est fort grave, et il prononce cette phrase à laquelle de
la Rive a l'air de tenir beaucoup : « Du reste, vous êtes dans la
même position que toute l'Europe; ou elle sera asservie et vous le
serez aussi; ou l'Angleterre restera indépendante et la Suisse le
sera avec elle, je vous en réponds. »

Mais ce n'est qu'une éclaircie; d'après une lettre du 26 mai,
Russel insiste plus que jamais pour que les propositions françaises soient soumises au Conseil fédéral. On ne peut s'y tromper :
cette insistance, d'ailleurs superflue, du noble lord, indique le
désir de voir le gouvernement suisse accepter les offres françaises.
C'est la reculade sur toute la ligne.

Pour expliquer cette étrange volte-face, il est nécessaire de
consulter les journaux de l'époque. Au mois de mai, le ministère
continue d'être interpellé sur les affaires de Savoie; mais l'effort
paraît moins soutenu, moins violent; évidemment, la question
d'existence ne se pose plus pour le cabinet. Et, surtout, l'attaque
a dévié; ce que Russel a dit d'une guerre à la France, qui seule
ferait renoncer Napoléon III à ses projets, a sensiblement refroidi
les membres du Parlement; la grande majorité se résigne à l'inévitable et ne parle plus d'interdire l'annexion de la Savoie. Mais

1. Le Conseil fédéral ne connut évidemment pas d'autres propositions que
celles-là. C'est là-dessus que se base le rapport du chef du Département politique (voir la note de la page 46). Il est extraordinaire que la concession la plus
importante, celle de la rive gauche du petit lac jusqu'au promontoire de Douvaine, ne soit parvenue que trop tard à la connaissance des premiers intéressés.

il faut régler l'affaire suisse ; on s'est tant servi de la Confédération depuis quelques mois, on en a tant parlé, qu'il est impossible de la laisser en plan ; elle a, d'ailleurs, dans les deux Chambres, des amis dévoués : Sir Robert Peel, par exemple, qui a longtemps représenté son pays à Berne et qui ne néglige aucune occasion de stimuler le zèle des ministres et de demander ce qu'on fait pour sauvegarder la neutralité suisse.

Les membres du gouvernement pouvaient donc espérer que, si la Confédération se déclarait satisfaite et s'il était dûment constaté que seule l'intervention anglaise lui avait assuré des avantages qu'elle n'aurait pas obtenus sans cela, toute cette ennuyeuse affaire de Savoie, si mal engagée, si féconde en déboires, serait liquidée. A défaut du grand succès diplomatique qu'ils avaient un instant entrevu, ce serait un avantage modeste dont les vieillards qui dirigeaient la politique britannique étaient hommes à se contenter. D'ailleurs, des affaires d'une bien autre importance sollicitaient leur attention. L'expédition de Chine dégénérait en une vraie guerre ; en Syrie, de graves symptômes apparaissaient ; peut-être la question d'Orient allait-elle se rouvrir, et surtout Garibaldi, l'aventurier incomparable dont le nom seul annonçait des troubles immenses, était en action. Il s'était embarqué à Gênes au commencement de mai ; le 11, il occupait Marsala ; dès lors, tous les regards se tourneraient vers ces parages du sud où la révolution italienne, dont, un instant, on avait cru arrêter le cours, reparaissait plus bruyante, plus redoutable que jamais. En présence de semblables conjonctures, n'était-ce pas une mauvaise politique que de provoquer et d'irriter sur une question secondaire la France impériale, dont l'influence se faisait sentir dans toutes les grandes affaires de l'époque et à qui chacun prêtait alors une force irrésistible ?

L'erreur du gouvernement suisse fut de ne pas comprendre cette situation nouvelle. Un instant, quand au nom de la neutralité helvétique menacée il s'opposait aux ambitions de la France, il avait représenté la cause des puissances conservatrices et justifié la résistance de l'Angleterre. Mais cet instant était passé ; la diplomatie européenne avait d'autres soucis.

Pourtant, les rapports continuaient d'arriver, et il faut rendre aux agents du département politique cette justice que, s'ils manquaient souvent d'habileté dans le choix des voies et moyens, ils déployaient un zèle très louable en renseignant leur gouvernement aussi bien que cela leur était possible. Que dire par exemple de cette lettre, un peu fantaisiste peut-être, mais pleine d'aperçus ingénieux, d'idées hardies dont plusieurs se sont réalisées depuis, que Tourte écrivait le 21 mai au sortir d'une longue conversation avec Cavour :

... A peine les Français auront-ils quitté Rome qu'un conflit s'engagera avec les Piémontais. Si le gouvernement ne marche pas, les corps d'armée déserteront en masse. « C'est immanquable », me disait le ministre en prenant sa tête à deux mains. Le roi ne se gêne pas pour dire qu'il compte passer l'hiver à Rome.

Garibaldi a fait son expédition de l'aveu de l'empereur et à l'insu de ses ministres. Ce que je vous ai dit des intentions de la France à l'égard de la Prusse est sur le point de se réaliser. Mecklembourg, Hanovre, Hesse et les petits duchés contre la rive gauche du Rhin, ou, sinon, la guerre. Quant à l'Autriche, il faut qu'elle cède la Vénétie, quitte à l'indemniser en Orient et à calmer aussi l'Angleterre en la laissant occuper et garder l'Égypte. Tout cela est sur le tapis...

Mettez-vous avec nous, répétait le ministre. Pourquoi vous cramponner à une neutralité qui ne sert plus que l'Autriche? — Et que gagnerions-nous à en sortir? — Eh! le Tyrol et le Vorarlberg, peut-être mieux encore. — Oui, contre la Suisse française incorporée à l'empire et le Tessin au Piémont. — Non, non, la Suisse n'existe qu'à la condition de ne pas devenir un pays exclusivement allemand... Puis il riait et se frottait les mains. « Ah! ajoutait-il, j'ai des soucis énormes... »

Le ministre piémontais, dans la terrible crise où il se trouvait, ne pouvait évidemment vouer qu'une attention très distraite aux prétentions de la Suisse sur le Chablais et le Faucigny. C'est ce qu'on disait ailleurs avec moins de ménagements. Dans une lettre du 6 juin, Dapples rapporte que Gortchakoff lui a déclaré qu'il avait à s'occuper d'affaires plus graves que celle de Savoie. Et l'envoyé suisse termine par cette phrase dont nous ne pouvons qu'admirer l'entière sagesse : « S'il en est ainsi, convient-il à la Suisse de continuer plus longtemps des négociations qui ne paraissent pas devoir aboutir? »

VIII.

Mais le Conseil fédéral s'entête. Il ne cesse de répéter, dans toutes les lettres qu'il envoie à ses représentants, que sa ligne de conduite 'reste la même. Au mois de juin, il tente un effort suprême. C'était le moment ou jamais. Le gouvernement français, quelles que fussent ses préventions, ne s'était pas opposé à la conférence en principe; mais il avait réservé le moment : elle ne pourrait avoir lieu qu'après le vote du Parlement sarde. Or, le 30 mai, la Chambre de Turin avait ratifié le traité de cession; le 10 juin, c'était le tour du Sénat, et, le 11, le roi avait sanctionné le marché. Il fallait donc agir et agir vite, vu l'attiédissement graduel de l'Europe en face de cette affaire.

Sur l'ordre de son gouvernement, de la Rive s'engage à fond avec Lord John Russel. Les circonstances avaient bien changé : dans une lettre du 13 juin, l'envoyé reconnaissait que l'Angleterre s'occupait de Garibaldi et du Reform-Bill plus que de la Savoie. Il conseillait néanmoins à son pays de persévérer dans son attitude pour conserver les sympathies de l'Europe. Le 14, il rend compte de sa mission. Il s'est plaint au ministre des lenteurs de Lord Cowley et de l'attitude nouvelle de l'Angleterre, et, au cours de l'entretien, il a dit, semble-t-il, le mot de la situation : « J'ai insisté sur ce fait que l'Angleterre, après nous avoir lancés dans la demande de conférence, était tenue de nous soutenir jusqu'au bout. » Lord John répond en homme qui cherche à concilier son attitude présente avec des engagements anciens qui lui sont à charge; il parle des services rendus, des nombreuses démarches de l'Angleterre : « Ce sont nos dépêches sur vos affaires, dit-il, qui ont le plus irrité le gouvernement français contre nous... » Sur les instances de son interlocuteur, le noble lord admet la conférence; mais, visiblement, l'affaire de Savoie ne l'intéresse plus guère.

Quelques jours après, de la Rive a une conversation avec Persigny qui lui expose de nouvelles propositions de la France. Russel, de son côté, en est informé par son ambassadeur à Paris. Le gouvernement impérial, qui manifestement veut en finir, propose trois méthodes : 1° une conférence; 2° un échange de notes entre les puissances; 3° une entente directe avec la Suisse. A Paris, on préfère la troisième méthode. Le ministre anglais, qui connaît les intentions du Conseil fédéral et auquel de la Rive ne laisse trêve ni repos, admet que la conférence est encore le meilleur moyen de terminer l'affaire ; mais il recommande une singulière procédure : la Suisse s'entendra directement avec la France, et la conférence ne fera que donner au résultat obtenu la haute sanction de l'Europe[1].

Le Conseil fédéral, qui procède maintenant avec une logique admirable, veut rester fidèle à sa ligne de conduite et remettre toute la question aux représentants des puissances.

L'évolution de Lord John Russel se marque aussi dans les séances du Parlement. Le projet de conférence continue à lui rendre des services ; il en parle aussi longtemps qu'il le croit nécessaire pour l'édification de la Chambre, puis, brusquement, il laisse tout tomber. Les propositions françaises arrivent juste à temps au ministre pour réfuter, le 23 juin, une assertion de Sir Robert Peel, qui reproche au gouvernement de ne plus rien faire pour la Suisse. Le 10 juillet encore, répondant à M. Griffith, qui demande si l'Angleterre pourra soutenir son point de vue devant la conférence ou si la France a exclu d'avance tout débat sur des remaniements territoriaux, Russel déclare que la discussion pourra porter sur tous les sujets. Mais, le 13 juillet, il constate que, si le gouvernement de la reine admet la conférence, la France et les autres puissances ne bougent pas. Les ministres français estiment que la seule chose à faire est de concilier l'article 92 du traité de Vienne avec le récent traité de Turin, et l'Angleterre admet ce point de vue. Enfin, le 3 août, Russel déclare que la Russie et l'Autriche s'opposent à la conférence ; donc tout reste en suspens. Et la Chambre, aussi lasse sans doute que le ministre, ne proteste plus.

En ce moment, d'ailleurs, l'affaire de Savoie pouvait être considérée comme close. Dès le commencement du mois de juillet, le Conseil fédéral avait reçu de ses représentants des avis si décourageants que, pour persévérer dans la même voie, il lui aurait fallu une obstination allant jusqu'à l'aveuglement.

Le 2 juillet, Tourte écrit que, dans un dîner, Cavour a parlé de la conférence comme d'un mythe. Le 5, il dit qu'il n'y a

---

1. Cf. les lettres du 23 et du 30 juin et celle du 4 juillet.

plus rien à faire; Hudson lui-même conseille, en présence de la prostration de l'Europe, de « carguer les voiles et louvoyer jusqu'à l'heure du règlement des comptes ». De la Rive reconnaît, le 12, que la conférence se heurte à une mauvaise volonté regrettable. Dapples, de retour de sa mission, se présente, le 17 juillet, dans une séance du Conseil fédéral et ne peut que confirmer les rapports plutôt pessimistes qu'il a envoyés de Berlin et de Pétersbourg. Enfin, le 19, de Steiger déclare au président de la Confédération que les divergences entre la Suisse et la France sont trop fortes pour que la conférence se réunisse. Sur toute la ligne, l'Europe se dérobe, il n'y a plus rien à attendre d'elle.

D'autre part, il est trop tard pour revenir à la France. Les propositions du mois de juin paraissent avoir épuisé la bonne volonté du gouvernement impérial, et, dans tous les milieux où l'on fait de la politique, on manifeste un vif mécontentement à l'égard de la Suisse. Le 19 juin, Kern écrit que Thouvenel, avec qui il vient de s'entretenir, se plaint vivement de ce que le Conseil fédéral ait divulgué dans une circulaire à ses agents les offres confidentielles qui lui sont venues par la voie de Londres; cela rend, dit le ministre, les rapports avec la Confédération très difficiles. La publication du *Blue book* anglais, qui eut lieu quelques semaines plus tard, ne fit qu'augmenter cette mauvaise humeur; elle révélait, en effet, de la part du gouvernement français, des concessions aussi inattendues qu'inutiles. Enfin, un singulier incident s'était produit. Il paraît qu'au début de son séjour à Londres, de la Rive, un peu imprudemment peut-être, aurait dit à l'ambassadeur d'Autriche, Apponyi, que l'attitude de la France aurait pour effet de jeter la Suisse dans les bras de l'Allemagne[1]. De là une démarche du gouvernement autrichien qui proposa officiellement de mettre la neutralité suisse sous le couvert de la Confédération germanique. Cette offre, qui aurait eu pour effet de réduire la souveraineté helvétique à ce qu'elle était avant le traité de Westphalie, fut repoussée d'emblée; mais les journaux en parlèrent et la France y vit un acte d'hostilité à son égard.

D'ailleurs, rien ne permet de supposer que le Conseil fédéral ait eu, ne fût-ce qu'un instant, la pensée de renouer avec le gou-

---

1. Cet incident tient une assez grande place dans la correspondance entre le Conseil fédéral et de la Rive. Dans des lettres du 16 et du 19 mai, l'envoyé suisse déclare qu'on a dépassé sa pensée et qu'il n'a jamais parlé d'alliance.

vernement français les négociations qu'il avait rompues sur le conseil, pour ne pas dire sur l'ordre, des ministres anglais. Quand il fut bien persuadé de l'échec de sa campagne diplomatique, il procéda avec correction et sagesse et décida, dans sa séance du 19 juillet, de laisser tomber l'affaire pour le moment[1], tout en chargeant le département politique de ne pas la perdre de vue. Il est juste d'ajouter que, soit les sociétés patriotiques, soit les journaux suisses acceptèrent cette décision tranquillement et ne songèrent pas à en augmenter l'amertume par des reproches inutiles.

IX.

Ainsi, toute cette campagne, au cours de laquelle la Suisse avait rompu avec ses traditions de prudence et d'effacement pour parlementer avec les grandes puissances, ordonner des mesures militaires et concentrer un instant sur elle l'attention générale, aboutissait à un échec complet. En eût-il été autrement si la Confédération, persévérant dans sa conduite première, avait tout attendu de la bienveillance de Napoléon III? C'est possible sans être certain. Par contre, et ceci n'est que trop certain, elle n'obtint rien de l'appui intermittent de l'Angleterre et de la tiédeur de l'Europe.

Je ne reviens qu'en peu de mots sur les erreurs du gouvernement suisse et les contradictions de l'empereur des Français. Si les honorables conseillers fédéraux se livrèrent à un examen de conscience, ils durent reconnaître qu'ils étaient les premiers responsables de cette fâcheuse aventure. Partis d'une base insuffisante au point de vue historique et juridique, peu au fait de la vraie situation politique, ils avaient usé maladroitement de leurs moyens d'action, ne s'étaient pas rendu compte que certaines de leurs démarches étaient contradictoires et quand, après plusieurs allées et venues, ils avaient enfin fixé leur ligne de conduite, il s'était trouvé que cette voie n'était pas la bonne; leur intransigeance avait fait le reste. Quant à Napoléon III, il est impossible de ne pas être frappé, pour ne rien dire autre, de la facilité avec

---

1. « ... Die Sache für einstweilen beruhen zu lassen. » Cette décision fut prise à la majorité des membres du Conseil fédéral contre le préavis du Département politique.

laquelle il revint sur des engagements formels, et l'on peut se
demander s'il eût déployé en face d'une grande puissance européenne le sans-gêne dont il usa impunément à l'égard de la petite
Suisse.

Mais l'Angleterre, comment faut-il apprécier son intervention
dans l'affaire de Savoie? Il est intéressant de connaître sur ce
point l'opinion de quelques-uns des négociateurs de 1860.

De la Rive paraît n'avoir jamais changé d'avis. Dans son rapport sur sa mission à Londres daté du 20 octobre 1860, il parle
encore des services constants, mais malheureusement impuissants,
rendus par l'Angleterre, considère comme un grand succès qu'elle
n'ait pas reconnu l'annexion de la Savoie par la France et conseille à la Suisse de conserver son attitude d'expectative qui lie
ses intérêts à ceux de toute l'Europe indépendante et lui assure
la considération générale. Quelques mois après, le 21 janvier 1861,
il répond au Département politique qui, dans le but sans doute de
préparer son rapport de gestion sur l'année écoulée, lui a demandé
des éclaircissements : « Ce serait, à mon avis, commettre une
grave erreur que d'attribuer au gouvernement anglais le peu de
réussite de nos efforts. » D'après lui, l'Angleterre a été trompée
par l'attitude du gouvernement sarde, qui avait toujours déclaré
ne vouloir rien céder. Si elle avait connu plus tôt les désirs de la
Suisse, il est possible qu'au lieu de s'opposer si longtemps à toute
annexion elle aurait consenti à une transaction. Quand elle fut
mieux informée, c'est-à-dire depuis la fin du mois de mars, elle
chercha constamment à faire triompher les vœux du Conseil fédéral ; mais le moment était passé.

Cette opinion est insoutenable aujourd'hui ; nous savons que,
dès le commencement de février, le ministère anglais ne conser-
vait aucune illusion sur la résistance du gouvernement sarde aux
désirs de Napoléon. De la Rive était d'ailleurs seul de son avis ;
à Paris, Kern resta toujours assez sceptique quant à l'efficacité
de l'action anglaise ; parfois même il a l'air de la croire dange-
reuse. Dans une lettre du 8 mai 1860, il rend compte d'une conversation avec Thouvenel ; le ministre lui aurait dit : « L'affaire
de Savoie aurait pris sans doute un autre tour si la Grande-Bretagne, après que l'empereur eut informé le gouvernement fédéral
et le ministère anglais de son intention de céder le Chablais et le
Faucigny à la Suisse, n'avait persévéré dans son opposition contre

toute espèce d'annexion. Le gouvernement français a dû se persuader alors que, malgré l'abandon de ces deux provinces à la Suisse, l'Angleterre continuerait à s'opposer à l'annexion de la Savoie par la France, et cela a eu de l'influence sur ses plans. »

Sans doute, l'empereur et ses ministres avaient eu d'autres raisons que celle-là pour ne pas céder la Savoie du Nord ; Thouvenel le savait mieux que personne. Cette opinion n'en est pas moins intéressante à connaître. Du reste, l'idée que l'Angleterre jouait sa protégée plus qu'elle ne la servait était fort répandue dans le monde diplomatique en 1860. Le 20 mai, Dapples écrivait de Pétersbourg, en réservant, il est vrai, son impression personnelle :

... En second lieu, on est généralement convaincu ici que la Suisse a été dans cette affaire excitée par l'Angleterre dans un but qui n'était point celui de l'intérêt helvétique. Le ministère anglais, dont la popularité était en danger par suite de sa condescendance à propos de l'annexion de la Savoie, aurait voulu la rétablir en étalant une grande sympathie pour la Suisse, mais tout cela n'était qu'une comédie plus propre à compromettre qu'à servir la cause de notre pays.

Quant à Tourte, il répond le 3 avril 1861 à une demande de renseignements du Conseil fédéral et réfute le point de vue de de la Rive, dont probablement on lui avait donné connaissance :

Je ne crois pas que le ministère anglais ignorât l'intérêt immense qu'avait la Suisse à acquérir le Chablais et le Faucigny. Dès mon arrivée à Turin, au commencement de février, Sir James Hudson écrivit à ce sujet à son gouvernement la dépêche la plus claire, la plus positive, la plus pressante. Le ministère était donc bien renseigné...

Seulement, dit Tourte, Russel, qui ne voulait pas mécontenter l'empereur Napoléon III et craignait de nuire à la négociation du traité de commerce, a joué un double jeu ; au début, il s'est renfermé dans de vagues protestations, n'admettant la possibilité d'aucune cession, ce qui ne pouvait avoir aucune portée pratique et ne gênait en rien la France ; une fois le traité de cession signé, « il a fait beaucoup de bruit en notre faveur, bien certain qu'il était alors de crier dans le désert ». Cavour a défendu les droits de la Confédération, car l'Italie a le plus grand intérêt à ce que la Savoie du Nord devienne Suisse. Rebuté, le ministre a dit à Tourte : « Quant à moi, je sais bien que, si on refuse de vous céder le Chablais et le Faucigny, c'est qu'on veut tenir l'Italie par le Simplon et par Milan. »

Comme on le voit, les renseignements fournis par ces agents diplomatiques ne brillaient pas précisément par l'unité de vues. Une opinion doit être encore citée, c'est celle du Conseil fédéral lui-même. Ce corps paraît être revenu assez vite de la confiance aveugle qu'il avait témoignée quelque temps au ministère britannique : en effet, dans le rapport que le Département politique présenta aux Chambres, au printemps 1861, sur sa gestion de l'année précédente, se trouve un passage assez caractéristique où l'on discerne à la fois le regret de n'avoir point accédé aux offres de la France et l'impression que l'appui de l'Angleterre a été plus funeste qu'utile à la Suisse[1].

Et, quand on a parcouru la série des pièces, quand on a comparé les notes transmises par les envoyés suisses avec le compte-rendu des débats du Parlement britannique, il est difficile de ne pas être de cet avis : le gouvernement anglais, très mécontent de l'abandon de la Savoie à la France, s'est servi de la Suisse, d'abord dans l'espoir de suspendre ce marché, dans un intérêt purement parlementaire ensuite; il lui a inspiré de résister énergiquement à la France, pour lui conseiller de s'arranger avec cette même France et la livrer à ses seules ressources quand l'affaire a perdu de son acuité et que l'opposition a modéré ses attaques. Il y a là un spécimen intéressant des procédés diplomatiques de la puissante Angleterre.

Ce conflit devait laisser quelques traces. Entre la France et la

---

1. « En terminant ce chapitre, nous croyons que l'impartialité nous fait un devoir de ne pas passer sous silence que, de la part de la France, il a été à réitérées fois affirmé que l'opposition absolue de l'Angleterre à toute annexion a mis la France dans l'obligation de retirer la parole donnée en février... » Puis, après avoir établi que le gouvernement anglais a connu exactement et en temps utile les vœux de la Suisse, le rapporteur continue : « Toutes les tendances de la France avaient évidemment pour but d'obtenir que la Suisse ouvrît des négociations directes avec elle et que le résultat en fût soumis purement et simplement à la ratification des puissances » (Feuille fédérale, 1861, t. I, p. 866). Le chargé d'affaires de Grande-Bretagne à Berne, Harris, protesta contre ce paragraphe dans une note du 13 juin 1861.

Suisse, le mécontentement fut d'abord très vif; mais il ne dura pas. D'un pays à l'autre, les rapports sont trop fréquents, trop étroits pour qu'une hostilité prolongée soit possible. Les masses, d'ailleurs, n'avaient été que peu atteintes par la polémique des journaux, et les événements politiques d'une importance exceptionnelle qui se succédèrent jusqu'en 1871 donnèrent bientôt aux pensées une tout autre direction.

Les années ont passé et la courte querelle de 1860 est presque sortie des mémoires. Pour la Suisse, la cession de la Savoie n'a pas eu les funestes conséquences que beaucoup de gens prédisaient; elle n'est pas tombée sous la dépendance de la France, sa neutralité n'a pas été menacée ou affaiblie. Sans doute, le protocole du 29 mars 1815, dont plusieurs clauses sont devenues inapplicables, n'est plus qu'une vieillerie et gagnerait fort à être sinon revisé, — ce qui ne pourrait se faire sans un appel à l'Europe, — au moins interprété d'une façon claire, de manière à éviter tout conflit futur; mais la France s'est toujours efforcée d'en respecter l'esprit et d'appliquer exactement l'article 2 du traité de Turin. En 1883, encore, sur des représentations du Conseil fédéral, le ministère Ferry ne donna pas de suite au projet de fortifier le Vuache, et, depuis, aucune difficulté ne s'est élevée à propos du territoire neutralisé[1].

Chose curieuse, c'est en Angleterre que les suites du conflit de Savoie se marquent le mieux. Rien ne fait supposer que Palmerston et Russel ne se soient pas aisément consolés du mécompte de

---

1. L'incident diplomatique de 1883 a provoqué, tant en France qu'en Suisse, l'éclosion d'un certain nombre de brochures sur la question de Savoie. Aujourd'hui encore, la discussion ne paraît pas épuisée, car de temps à autre, comme des fusées retardées, des articles sur ce sujet paraissent dans les revues et journaux. Cette littérature présente peu d'intérêt; elle ressasse de vieilles histoires, — la neutralité de la Savoie a-t-elle été décrétée en 1815 en faveur de la Suisse ou de la Sardaigne? la France a-t-elle le droit de construire des forteresses et de maintenir des garnisons dans la zone neutralisée...? etc., etc., — et ceux qui la signent, non seulement n'apportent aucun élément nouveau au débat, mais paraissent souvent ignorer jusqu'aux bases de la question. Pour mettre un terme à ces efforts honnêtes, mais stériles, comme aussi pour régler l'attitude de la France et de la Suisse vis-à-vis de la Savoie neutralisée au cas, assez improbable aujourd'hui, d'une nouvelle guerre sur les Alpes, il serait temps d'élaborer enfin la convention qui n'a été arrêtée ni en 1815 ni en 1860. C'est dans une période de bons rapports que de telles affaires doivent être abordées, car c'est alors qu'elles peuvent aboutir.

leur petite alliée ; mais ils oublièrent moins facilement la surprise fâcheuse qu'ils avaient eux-mêmes éprouvée, leur impuissance à empêcher l'annexion et tous les désagréments qui en avaient résulté. Désormais, rien ne put les affranchir de la pensée que le second empire était rentré dans les traces du premier et visait à de nouvelles conquêtes en Europe ; ils gardèrent en face de lui une attitude défiante et chagrine dont leurs successeurs ne se départirent pas ; et, quoi qu'il arrivât, les deux gouvernements ne réussirent plus à se mettre d'accord pour agir en Europe.

L'entente cordiale qui avait été pour le second empire français comme une lettre d'introduction dans le monde et qui s'était affirmée triomphalement lors de la guerre de Crimée subit quelques accrocs au moment du congrès de Paris, fléchit brusquement quand Napoléon s'engagea en Italie, pour prendre fin en 1860 avec l'affaire de Savoie.

Nogent-le-Rotrou, imprimerie DAUPELEY-GOUVERNEUR.

www.ingramcontent.com/pod-product-compliance
Lightning Source LLC
Chambersburg PA
CBHW071254210626
46818CB00013B/1442